人間的六種滋味

心的疆域

近讀陳大為、鍾怡雯合著《靈鷲山外山》一書，內容圍繞著心道法師前半生而成傳略，我最被其中那種「置之死地而後生」的求道大願所感動：塚間修、斷食法；刀鋒之上好修行。

生命有許多情境，讓我們編織了存在之網，如真實不虛，但轉眼又成夢幻泡影；文學正是編織了生存情境之網，這讓我們想到蘇族印地安人的「捕夢網」——要攔截噩夢，教神靈得到守望，清淨。

文學未必懷抱「火燄化紅蓮」的大願，但宗教指涉了終極的解脫，宗教與文學的最大交集，正在於處理生存的論題，我想，「宗教文學獎」的意圖，應在於此罷。以指指月，因指而見月，月圓當空，天心廓然。

文學不必有求道之大願，但文學演練了日常生活的臨界情境，又隱隱然和宗教呼應。

「宗教文學獎」的一小步，是文學書寫的一大步；如剝橘者乍聞果香，也可想到佛經所言：瀰漫一切地，乃至大海；心能自由自在的走到多遠——我想，那裡就是文學與宗教的疆界。

《聯合文學》總編輯

許悔之

生命、感動與書寫—

談《人間的六種滋味》的誕生

文學，在創作過程中充滿思考與變化，直接探索心靈深處的渴望與需求，就像葉慈的詩題：「自我與靈魂的對話」；一如宗教。

宗教，是一種信仰，一種感動，幾千年來，一直是人們心靈上的寄託。當文學與宗教相遇時，透過文字的巧妙安排來傳遞與訴說生命的價值，探討人生中種種重要的議題，讓文學與宗教的相遇幻化成瑰麗的文字。從借宗教喻世俗的《西遊記》或借世俗喻宗教的《紅樓夢》，讓我們感受到人類的精神文明確實是聖俗共生、共存的。這一個世界，因為結合了文學與宗教，變得更加多采。文學與宗教從來以其獨特的姿態反應人生種種面向，在不斷遊移的生命狀態中找尋養分，將血液裡奔馳的騷動、不安、甜美與焦慮，同時藉由文字漫遊於無止盡的想像空間。

《人間的六種滋味》收錄了此次獲得宗教文學獎的六篇短篇小說，這些小小說運用了純熟的文學寫作筆法，讓人有更多心靈上的審思。《人間的六種滋味》中的每個故事，以生命為載體，讓信仰與文字同時呈現，解剖描繪人、信仰與文學三者間的關係，融合了宗教的意涵與文學的細緻，交織成對生命的悸動。

宗教以各種不同形式存在於社會文化中，但如何在「宗教文學」這四個看來固然的文字，型塑出獨特的意象與視角，是我們極欲突破的。第一屆的宗教文學獎，在許多人的協助之下順利完成，主辦單位在此向各位獻上感謝。也許在活動內容醞釀與推展腳步各方面還有很多未盡完備之處，但我們相信唯有不斷的碰撞與摸索，才能沈澱、才有火花，希望踏著跌撞的步伐，為自己也為社會創造更多生命分享的機會與喜悅。

《人間的六種滋味》中的六篇心靈小小說，有些以自己的對話及回想，細細的描述出對生命的啟發；有些則從心裡學的觀點演繹出對宗教的信仰。故事中所蘊涵的「人間滋味」，有感動、有詼諧、亦有驚奇。「如人飲水，冷暖自知」，值得您細細品味。

靈鷲山佛教基金會總執行長

目錄

星空的秘密

作者／游玫琦

當初，
聽到祖母跟他說他的爸媽
在送到醫院前就斷氣的剎那，
他第一個念頭就是，
我自由了，
再也不會有人管我了。
他這輩子還從不曾
體會過這種輕飄得像氣球的感覺。

星空的秘密

那晚，他分不清自己是望著窗外的星空，或者只是夢見窗外的那片景色，一切是那麼平靜，蟲鳴寂寂，星星在藍色的夜空中顫抖地閃耀，他攀著鐵製的床架，跪在枕頭上，彷彿第一次看到這片壯觀的澄藍，還有天際線那縷幽微的白芒。他不知這樣望了多久，突然間，星空中掉下了灰塵，接著還有更大的土塊，整個天空都在晃動，星星似乎也掛不住地即將掉落，他雙手握緊床架，眼睛離不開這片奇景……直到有人抓著他的肩膀揚聲呼叫：「快走！快走！救人啊！」

他被睡在雙層臥床下的祖母拉走，這時滿屋子都是煙塵與翻落的物件與家具，昏暗中他已難以辨識這個他原本熟悉不過的家，所有的東西都發出異樣的聲音，像是突然間凶暴地醒了過來，掙扎地要往下墜落。

在祖母與他跨出大門的踏蹬時，他看到木頭粱柱歪斜地掉下來，發出轟然巨響，而在後面的塵霧與落瓦中晃動著大聲尖叫的人影。

從那天晚上之後，向來安靜的他就更少開口說話。

＊　＊　＊　＊　＊

他的父母滿身塵土與血跡地被送到診所，之後連同附近幾家鄰居的熟人陸續被送回來，有些是身上包紮著傷布，有些則是全身被覆蓋白布。他的父母就這樣躺著被送回已成廢墟的屋子前，雙雙平躺在稻埕上臨時搭建的竹架上，再也不會罵他或騎腳踏車載他穿過很長的田埂路去看布袋戲。

他跟祖母搬到附近的叔叔家中，叔叔家是兩層樓的水泥房，在這次地震中沒有倒，只在牆壁上多了幾道龜裂。事實上，村子裡有很多房子都沒倒。

「倒的攏是那些老舊的土角仔厝。」村人在稻埕上議論紛紛。

接著是入殮與法事的事宜，就在他家門前的稻埕上舉行，圍觀與進出的人群，不管認識或不認識的，每當經過他的面前就在他頭上或肩上摸一下，還面露同情的神色。「囝仔卡可憐，唉……」鄰人聚集時總會邊搖頭邊發出這種喟嘆。他想起父母躺在棺木內的表情，像塗了一層褐色蠟油，看起來很僵硬，很陌生。做法事時，他的祖母經常倒在嬸母的懷裡流眼淚，叔叔則滿臉鬍鬚地忙進忙出。他是唯一的小孩，必須經常站在鋪著草蓆的水泥地上，隨著法師們的超度佛號聲而跪拜，跪到頭眼昏花與兩腿痠麻。

他仰頭就能看到靈堂上父母的照片與更上面的大幅佛祖圖像，但他卻沒有太多的感覺，也不曾掉過淚，只當看到祖母傷心的模樣才會讓他有點難過。雖然磕頭跪拜行禮如儀，他的心卻是空洞洞的，且不經意的還會想到那晚美麗的天空。

他沒跟任何人提起他心中的這個祕密，當然，也沒人知道要問他什麼。廣場上吹來涼風，燃燒紙錢的火堆燒紅他呆滯的臉龐，他不曉得要想些什麼，學校停課了，也沒有作業需要抄了。

＊　＊　＊　＊　＊

這些日子以來，比較能引起他注意力的就是在他家附近多了幾個生面孔的小孩，應該是隔壁村的，他們一群四五個人，經常在一處處的廢墟上轉來轉去。起先他並不在意，直到二七法事做完後的一個黃昏，他穿過靈堂上的竹棚塑膠遮牆想去竹林小解時，赫然見到這幾個小孩站在他家的廢墟上，其中一個看起來比較髒兮兮的高壯男孩正在脖子上套一條東西，再仔細一看，他認出了那是他父親的領帶，每次吃喜酒時，他父親都會繫上這條有青花圖案的紅色領帶。他立刻衝到磚瓦堆上對著那個男孩高聲叫道：「你幹什麼？」

「幹什麼？」男孩斜眼看著他。其他幾個人在一旁咭咭笑著，沒多久之後就四散跑走，只剩下高壯男孩與他對峙。

「這是我家的東西，誰叫你拿的？」他指著那條領帶，極度生氣地問。

「你家的？你發神經啊！你沒看看這是什麼垃圾！」高壯男孩將脖子上的東西解下來，丟在瓦礫上用力踹了兩腳。

他馬上一個箭步，跳到男孩面前跟他扭成一團，他漲紅著臉想將男孩推倒，兩人在磚瓦上跌跌撞撞地推扯，接著男孩看似不耐煩了，就扳開身材較矮小的他始終貼緊他胸前的頭，用力將他推倒。

「瘋仔！」丟下這句話，高壯男孩就從瓦礫堆朝著附近的稻田跑走了。

他的膝蓋破皮流血，脖子跟胳臂上有瘀青，但卻一點也不會痛，他只感到有點麻癢與擔心，接著才又想到父母已躺在靈堂後，沒人會用竹條抽他了，頓時他感到有點恍然失神。只沒想到，一見到他的模樣之後，向來會護著他的祖母竟然給他一個耳光，她打完後坐在客廳的藤椅上簌簌掉著眼淚說：「早知你這樣不受教，就免你阿爸跟阿母來救咱，還不如我們兩個去死的好！」

「阿母，你不要跟囝仔說這樣的話，他還不懂事嘛！」他叔叔不耐煩地說，一邊在茶几上清點帳單。

「吃飯啦！」他嬸嬸從廚房端著碗筷出來吆喝著，還催促兩個畫圖的小堂妹去洗手。她們的圖畫上有歪斜的電線桿，還有一個衝出陽台的冰箱。

吃完飯，他回到跟祖母睡的房間，臉頰上的巴掌餘熱還隱約存留，他站在窗前，呆望著外面的天空，沒多久，突然想起什麼似的，掏出口袋裡那條骯髒的領帶，盯了它很久，接著將它揉成一團，丟在地上用力踩，踩了又踩，想哭卻哭不出來。

＊　＊　＊　＊　＊

他不能理解這一切。先前他還模糊寄望睡一覺之後他能躺回自己的鐵床上，就像無數尋常的夜晚，聽到外面熟悉的蟲鳴，然後跟自己說這只是一個夢。可是這麼多晚上過去了，這個夢一直還不能醒過來，他開始感到不耐煩，而當他今天再看到阿爸這條領帶時就讓他感到更害怕。

當初，聽到祖母跟他說他的爸媽在送到醫院前就斷氣的剎那，他第一個念頭就是，我自由了，再也不會有人管我了。他這輩子還從不曾體會過這種輕飄得像氣球的感覺，雖然有點害怕，但卻是因為這種自由來得太陌生。然後，是看到祖母皺皺的臉扭曲得很醜地抱著他啜泣，一邊還喃喃說著「沒了，什麼都沒了！」的同時，他發覺自己有點頭暈想吐。但雖如此，他還是半信半疑，站在廢墟上，看著叔叔和親戚們幫忙挖掘家中物品，他努力想嗅出這其中所隱藏的玩笑成分，就像曾有個叔公騙他說西打水就是「屎拉水」（臺語發音）做成的，只不過沒人能開這麼大的玩笑，除非是天公伯本人。

「但為什麼呢？」他想不出可以跟自己說明的答案。做完三七後，里長伯帶著鄉公所那邊的人送來一些泡麵、罐頭、睡袋與幾種奇怪的東西，例如外型凹掉的手電筒，以及印著很大的公司字樣的鋁製大水壺，里長說那是人家捐贈的。叔叔不在家，祖母一直跟他們低頭道謝，但他卻覺得有點難受，始終不發一語地讓那些人摸他的頭。

他常在晚飯後一個人回到二樓房裡，從臥房的窗外，他可看到大片的迎風輕擺的稻穗與竹林。這時他望著稻田上的黃昏，成群麻雀掠過樹林，一種說不上來的恐懼又襲上他心頭。不知從什麼時候開始，他變得怕黃昏，因為那表示黑夜即將降臨。他走到隔壁房間，看著兩個小堂妹將小腳踏車倒轉過來玩著模仿爆米花車的遊戲，他靠牆蹲著，聽著她們轉動腳踏車踏板發出的嗡嗡聲，還有她們柔聲邀他加入的問話，但他卻覺得自己像被一個看不見的玻璃罩給隔離住，掉進孤單與恐怖中，而且沒人能了解。

＊　＊　＊　＊　＊

天氣漸漸轉涼了。他們在一個陰冷的下午將他的父母下葬，當兩口棺木穿過小鎮的馬路時，他感到黑暗屋簷下不時有閃亮的眼光掃過來，那些目光還彼此交頭接耳。麻衣穿在身上很硬挺，當他捧著父母的靈位，同時還要撩著衣襬要爬上一個轉彎的小斜坡時，他覺得自己就像布袋戲台上的人物，但他連作噩夢也不曾想過要穿上這樣的衣服。幸好那天是個好日子，除了他們，不遠的田埂路上還有另一支出殯隊伍，他想這樣至少可以分散別人的注意力。但沒多久，他就留意到那支隊伍後有一部拼裝的載貨三輪車，這是鄉下常見的交通工具，沒什麼奇特，只不過那個開車的男人肩上有一隻會動的東西，他盯了很久，終於瞧出那是一隻小猴子。他差點笑出來，因為那隻猴子在主人的肩膀上似乎很威風地左顧右盼，他不禁想著，如果能把猴子帶到學校去玩的話，他一定會很風光，不像現在這樣。

只可惜就算他有猴子，學校也還暫時停課。現在，他除了擔心黃昏要來之外，還發覺祖母有些新的怪癖，她在床頭擺一個外漆脫落的黑色小鐵箱，這個鐵箱以前是放在五斗櫃裡的，而且她會在前院的榕樹旁待到大家看完電視，通常是在那裡發呆或打瞌睡，要等嬸母催促之後她才會進到屋裡睡覺。一晚深夜，他突然被祖母搖醒，祖母在他耳邊輕聲說道，「地震又快來了，你要小心點。」他嚇了一跳，馬上清醒地坐起來，接著他祖母又說，「是你阿爸託夢給我的，他要我好好照顧你，可是我已經吃到這麼多歲了……」嘆了一口氣之後，他祖母就又躺回他的身旁。整個晚上，他一直隱約聽見祖母在床頭走動的聲音，有時還能聽到她輕輕哼著他聽不懂的日本歌謠。

＊　＊　＊　＊　＊

他站在靈堂已經拆除的稻埕前，看著幾個穿汗衫的工人將倒塌的磚瓦搬上馬達拼裝車，碰到大塊的牆面，他們就先用大鐵鎚將它鎚成小塊，然後再合力搬上車去。他一直待到黃昏，眼見車子進出好幾次，廢墟也逐漸變成平坦的荒地，上面還有些蚯蚓在蠕動著。這時祖母叫他進去吃飯，「你要多吃點，不然你阿嬤會以為你不愛吃她煮的菜。」她附帶地說。

「為什麼？」

「啥米為啥米？」她問。

「咱的家，就這麼永遠沒了？」

她祖母望著他所指的方向，眼眶逐漸紅了，卻沒說話，轉過頭來默默將他強行拖走。

*　　*　　*　　*　　*

十一月底了，從黃昏進入星光閃耀的黑夜時，天空其實都不會很黑，而且還呈現出透明的藍。點點繁星閃爍的節拍與蟲鳴相唱和，映著月光的溝渠發出淙淙的流水聲，除了附近菜園在黃昏時澆肥的味道之外，從剛收割過的稻田上還飄來燒稻草的煙薰味，這些都是他從小看著長大的景象，但現在他卻開始質疑這一切，在這平靜的鄉間夜色當中，似乎一切都在假意欺騙他，向他顯示過去這陣子所發生的事情並不存在。

他不太跟兩個堂妹一起玩，雖然他們以前可以從打小鳥一直玩到扮家家酒。兩個小女孩的母親雖然曾跟她們說堂哥很可憐，但她們也逐漸失去耐性，「隆志最不好玩了！」跟他這麼投訴之後，就一前一後跑出他的房間，讓他一個人躺在床上。這時，他正在構想一個殘酷的畫面，他希望再來一次大地震，讓所有的房屋都倒塌，就和他家一樣。

雖然害怕，黃昏還是天天都來，而他也只能躺在床上，無法跟別人解釋什麼。一天，跟祖母賭氣說他不去上學之後，他就衝回房裡，他祖母也跟上來追問，「上次老師來不是說課本會再補發嗎？你講的是啥米理由？」他很害怕，因為他相信每過一天或愈接近黃昏，人就會離死亡愈近。他想起來了，地震發生前幾天他剛好算過一道算術習題：如果人能活一百歲的話，那麼這輩子我們能活幾天？他算對了，老師在他的簿子上畫了一個大大的紅勾。或許從那之後他就開始畏懼黃昏，但連他自己也不清楚。現在，他只知道他不喜歡黃昏，不喜歡有星星的天空，也不喜歡上學——去學校之後，大家一定都知道他家的事，他不想看到同學面對他時怪異的眼光。但他不想對祖母解釋，甚至連解釋的念頭都沒有。

「我就是不想去！」他只能這麼說。

「好！那我就叫你阿叔來打你一頓，看你去不去！」祖母在下樓前惡狠狠地丟下這句話。

那個晚上，他第一次有了離家出走的念頭。過了不知多久，他似乎走到一條溪邊，水流得很急，流經河床下的石頭時發出閃閃耀眼的亮光，他在朦朧的微光中跟很多人在一起，旁邊有人釣魚。接著，他看到兩個模糊的人影，黑暗的教室裡有人尖叫，他也想叫，但卻發不出聲音來……。

祖母靜靜躺在他身旁，發出悠長的呼吸聲，他醒過來，又昏沉睡過去，反正都是一片黑暗，醒與睡對他來說似乎已經沒有太大的區別。

*　*　*　*　*

幾天後，學校開學了，叔叔去鄉公所上班前用腳踏車送他過去。他沒有打他，不過卻臉色不好看地跟他說，「不念書就對不起你的阿爸與阿母。」

他不在乎了，只要能不被打，他還是可以每天安靜地坐在那間還瀰漫著油漆味的新教室裡上課，或是聽校長在司令台上說很多話，然後就是回到家寫作業。他已逐漸了解暫時不會再有大地震了，而且他也不想再跟他的兩個好朋友講話，他們什麼也不懂，只會誇張地說他們家搖晃得有多恐怖。

再回學校去，他覺得有種莫名的孤單，但他不想讓自己看起來有什麼太大的不同。他還記得收完他那排的「重建家園」的作文給老師時，老師在講台下的桌旁很溫和地摸著他的頭，還說他幸好有個疼愛他的叔叔，要他好好努力。他忍不住低頭流下了眼淚，雖然他不想哭，可是眼淚卻一直鹹鹹地滑入唇角，他差點想跟老師再講些什麼，只不過一時也想不出，而且其他同學似乎都在偷看，他的羞愧心立即讓他的眼淚止住。當他再回到自己的座位時，他感到自己很醜。

＊　＊　＊　＊　＊

一天晚上，當他在書桌上昏倦地打瞌睡時，他隱約地聽到某種刺耳的嘰吱聲，持續了一陣之後，他聽到樓下的叔叔跟人家說話的聲音，不停地說歹勢與尾款什麼的，他突然靈機一動，站起來從窗戶往下望，看到大門前透著客廳的燈光，有隻瘦小的黃毛猴子被栓在叔叔的腳踏車旁，果不期然，他睡夢中聽到的嘰吱聲就是牠發出來的。他有點好奇地跑下樓去，這時叔叔已經跟一個客人走到門口旁，還不停跟那個人道謝，昏暗中，那個人側頭看了他一眼，沒說什麼，接著就轉回頭很客氣地跟他叔叔說謝。

客人牽著他的猴子走了。他突然想起出殯那天，他在路上看到的那隻猴子應該就是這隻。

「怪人一個。」他叔叔坐回藤椅上評論似地說。

「他是誰？」他一邊看著他們的背影一邊問。

「土公陳仔。」叔叔攤開報紙說。

「啥是土公？」他繼續問。

叔叔解釋說土公就是掘墓的人，但這個土公陳仔還會幫人刻墓碑，他父母的墓就全交給這個人來做。

「四、五十歲人了，還未娶某，只愛飼猴仔。」他叔叔最後這麼補充。

等他堂妹們跟母親從鎮上回來之後，他就迫不及待跟她們提起看到猴子這件事，但她們似乎沒有多大興趣，反倒是拿出她們剛買的水彩顏料展示給他看。

* * * * *

日子再度沉寂。儘管祖母現在會比較早進屋裡，但他卻更常在夜裡聽到她的日本歌謠，而且哼來哼去都是那幾句，他想，祖母可能有點腦筋糊塗了，這讓他覺得有些傷感，「總有一天，阿嬤也會死掉。」他暗地裡得到這麼一個結論。某個夜晚，他輾轉了很久之後，終於忍不住坐起來，這次換成他搖醒了祖母，問她說，「阿嬤，你死了之後是不是也要叫那個土公陳仔來掘墓？」

「憨孫，是誰跟你說的？」

「我自己想的。」

「要是我真的死了，你會傷心嗎？」

他點點頭。

「唉，總有一天吧，不過最近土公陳仔應該卡沒閒，他還沒有時間來埋我。」祖母笑著說。

他安心地睡了，還夢見一隻小猴子。

幾天之後，猴子的主人又出現在他家附近，他先在祠堂的廣場前看到一群小孩跟在那人的身後想逗那隻猴子，於是他也把兩個堂妹叫過去看。那是個陽光很溫暖的星期天下午，土公陳仔身穿一套水青色的薄棉衫與及膝的寬鬆褲子，頭戴一頂斗笠，壯壯黑黑的，看起來跟他爸爸的身材差不多，不過看起來斯文些，臉上的皺紋也少一點，他似乎不介意一群小孩跟著他，臉上露出平靜的笑容。他用一條碎細布編成的繩子套在猴子身上牽著牠走，猴子的臉很小，沒有毛的五官部分露出淺淺的粉紅色，不時會齜牙咧嘴回頭望著小孩們，還發出嘰嘰吱吱的尖銳叫聲。

「不用怕，是跟你們玩的，牠不會咬你們。」他邊走邊環顧著小孩們說。

他的左右手分別被兩個堂妹牽著，當猴子往後撲的時候，她們就快速躲在他身後。他們跟著眾人穿過菜園邊的小路，很興奮地跟著尖叫或彼此推擠。

「今天我領錢，我請你們吃糖仔好了。」猴子主人回過頭跟大家說。

整個下午他們就在樹下的土地公廟前跟猴子玩，手上還有一支棉花糖或糖葫蘆。當分配到他時，土公陳仔微笑看著他說：「我認得你，你是和貴的後生。」

他點點頭。

「你幾歲呀？」

「快十歲了。」他有點心虛地回答。土公陳仔似乎完全相信地微笑點頭，不過卻也沒再多問什麼。

分完糖後，土公陳仔就跟廟旁的小攤販聊天，任憑小孩與猴子尖叫聲鬧成一團也不管。雖然他也想拿東西餵猴子，只可惜風太大，他跟堂妹手上的棉花糖因吃得慢而逐漸凝結一粒粒的褐色小水珠，最後他們不得不把注意力都放在努力吃掉的這件事上。

他帶著堂妹們坐在廟旁的大榕樹的樹根上，一邊吃一邊看著眾人嬉鬧。這時，他突然清楚想起叔叔所說土公陳仔的「土公」的涵義，以及他曾埋葬自己的阿爸與阿母的事。一想之後，心頭就頓感茫然，這只是一個尋常的星期天下午，他的阿爸也曾騎車帶他經過這間土地公廟，但他卻不曉得為什麼，變成如今他跟隨一個曾埋葬他爸媽的人在這裡玩。

＊　＊　＊　＊　＊

不知不覺的，陽光愈來愈淡，風也逐漸變冷。廟前空地上的小孩開始零散離去，連他堂妹們也因為怕跑出來太久被母親罵而先行回家。但他卻為了說不出的原因不想走，漫無目的地坐在那裡看著還在聊天的土公陳仔。

終於土公陳仔想起他的猴子，看了一眼孤伶伶被繫在石頭邊的小猴，也留意到仍坐在樹下的他。他朝他走過來，問道：

「你怎麼還不回家？」

他低著頭沒答腔。

「……是不舒服，還是想再玩？」土公陳仔停了一會才說道。

等了好一陣子，他還是沒回答。

「那嘸，我要回去啦！」土公陳仔一副就要離去的樣子。

「你就是埋我阿爸跟阿母的人？」他突然抬起頭低聲問。

土公陳仔有點不解，點了點頭，算是回答。

「我討厭剛剛吃你的糖仔。」他一副懊喪的表情。

土公陳仔愣住了，一時不知如何接下去。

「我也曾埋過我自己的師傅。」沉默了很久，土公陳仔像是自言自語地說，語氣很平靜。

「誰是你的師傅？」他緩緩抬起頭問，倔強似的眼神。

「就是教我掘墓的人。」

「你會害怕嗎？」

「害怕？你是說剛開始做這種工作？會啊，我……」

「不是啦，我是說……」他搶著說，但急忙中又表達不太出來。

「我是說你會怕天黑，怕人會死掉嗎？」

土公陳仔沉默半晌，像是忘了回答似的，只看著逐漸掉落於遠方山頭的夕陽。

「總有一天，你也會埋我的阿嬤？」

「人年紀大了，這是早晚的，包括我自己。」他輕描淡寫地回答。

「可是我還是不明白，我阿爸與阿母都還沒老，他們都很疼我，也沒做什麼壞事，為什麼……」話沒說完，他就紅了眼眶，低下頭，接著逐漸發出低聲的啜泣。

土公陳仔坐在他旁邊，看著他不停顫動著的細小肩膀，不發一語茫然地坐在那裡。

終於等他哭完了。土公陳仔帶著猴子一路送他走到菜園旁的小路口，在轉身離去之前，土公陳仔說：

「我晚一點會去找你。」

他懷疑地望著他。

「你咁不是想要知道為什麼？」說完之後，他就牽著小猴走了。

＊　＊　＊　＊　＊

吃完飯，他如同往常回到自己的房間，不停地看著窗下。他沒跟別人提起這件事，彷彿這是他跟土公陳仔之間的秘密。當他將作業全部趕完時，斗大的星星已在窗外等了很久，可是那個人卻還沒來。他開始懷疑他只是想安慰自己而隨便說說罷了，不過這樣倒也讓他輕鬆下來，他不敢肯定自己是否那麼想知道為什麼，而且事實上他也隱約了解到，沒有人能真的解釋什麼。

當他幾乎已經完全放棄的時候，他的窗戶突然被什麼東西給敲了一下，他往外看，有個人影站在他們家門前的圍籬外，雖然看得不是很清楚，不過他可以肯定那就是土公陳仔。跟祖母說聲要去同學家借作業後，他就一溜煙跑出來。

這次土公陳仔沒帶猴仔來，不過肩膀上卻多了一把鐘子，他有點好奇，但因他的表情顯得比下午嚴肅些，就沒敢多問，只管默默跟在他身旁。不曉得為什麼，他似乎對土公陳仔有種熟悉的感覺，所以雖然他們一前一後走在黑暗的田埂路上，他也不會感到不安。

「你知道我要帶你去哪裡嗎？」土公陳仔突然問道。

「不知道。」

「別的地方太濕了，前兩天才下過雨，有水草的地方你躺著會不舒服，所以咱要到操場。」

他一看，這果然是往小學操場的方向，上課快遲到時他都走這條路，走完狹窄的田埂，再翻過前面的斜坡就可以看到升旗台上的旗竿。他雖覺得有點奇怪，但因為那是他很熟悉的地方，也就腳步輕快地跟上。越過斜坡時，四面八方的蛙鳴突然變得大聲，而草地上的露水也沾濕了他的布鞋，這令他感到冰涼與新奇，因為他從不曾這麼晚來這個地方，這時的草地上彷彿隨時就能踩到一隻隻的肥青蛙。

突然，前面的土公陳仔停了下來，他站在斜坡的最高處環顧四周。

「就那裡好了。」他沒有回頭地說。

他們借助星光很快就找到被學童踩平的路徑，順勢而快速地半滑下來。下來後他們往前走到雜草叢與光禿禿操場的交會處。

「這裡好了，土不會太硬也不會太濕。」他指著有幾株野草的空地說，說完，就立刻用他一直扛在肩頭上的鏟子開始掘起土來，當鏟子斜插入土時，一旁的他可以聽到沉沉與俐落的「托」聲。幾鏟挖出一個小坑之後，他開始感到不安，「我，我想回家了。」他說。

「好啊，想回去你現在就走吧！」土公陳仔頭也沒抬地繼續挖。

聽他這麼無動於衷地說，他反而覺得有點猶豫，假如真的離開，恐怕以後再也不會有人說要給他解答，不，應該是連問的力氣也不會有了。

反正土公陳仔也沒要求他幫忙，他繼續站在那裡觀察。坑旁逐漸堆積了他膝蓋高的泥土，他好奇地趨前看，不曉得是否會挖出什麼意想不到的寶物，這時小坑已經變成長坑，坑底的泥土有一鏟鏟的鑿痕與陰影，但它的輪廓已可以看得很清楚，大概就如他的身長。整個坑在月光下看來就像一個可怕的小黑人。

「好了，又不是真的要埋你，這樣就夠了。」土公陳仔自言自語似地說。

「你，跳進來。」他揮手招呼他，而自己卻在同時一腳蹬回地面。

他盯著土公陳仔的臉，但他卻說得好像是輪到他玩了似的稀鬆平常。

「太晚回去不太好，你會被罵喔。」土公陳仔坐在坑旁說

他不曉得哪來的勇氣，決定要試試看，一邊踩下長坑一邊想著被活埋的景象，而且這還是他們班經常來打躲避球的地方呢。

「現在，躺下去，不要怕。」他又說，語氣帶著些許興奮的期待。

他幾乎想拔腿就跑，但不知是腳軟還是緊張，他反而無法動彈，接著就疲累地坐下來。坑內的土鬆鬆的，還可看到一些零星的細小石粒，坐下去的感覺有點奇怪，雖然有點不平坦，但感覺就好像坐在別人剛離開還留有餘溫的椅墊上。

「躺下去啊！」土公陳仔歪著頭頑皮似地催促著。

他慢慢躺平了身體，還挪了幾次調整出背脊躺下最舒服的角度，這時眼角剛好可瞄到離地面僅幾吋的坑口，頭部躺下的地方土公陳仔還故意墊高，可以很舒適地看著……。

「看喔，很水喔！」土公陳仔似乎等著欣賞他的表情。

他在坑裡幾乎呆了，頓時感到一陣頭皮發麻。幾萬顆的星星同時擠在透藍的天空裡，大顆小顆爭著發出明亮的閃光，雖然他從家裡的窗戶也經常看到星空，但沒有一次像這樣，這麼深，這麼無邊無際，從沒有障礙物的操場仰望天空，他感到自己就像在星群裡面，而每一顆星星也像沒有距離地貼著他，就在額頭與鼻尖上……。

「這就是我師傅教我的，那時候我才十五歲，不敢跟他去掘墓，他就在一個晚上挖了一個坑，要我躺進去。嘿！你的反應跟我很像呢！不過，我也不曾挖給別人看過，他們大概會將我當成是瘋仔。」土公陳仔有點得意地慢慢說道。

＊　＊　＊　＊　＊

泥土裡還有陽光曬過的些微餘溫，躺在裡面看著星空讓他不由得整個人都不想動，也不想說話。夜晚的微風很涼爽，不時還可以聽到對面司令台旁的旗竿發出繩索撞擊時悠揚的鏗鏗響，但除此就是草地後面的蟲鳴與蛙鳴，而當習慣了這樣的聲音之後，就會聽到大片的沉寂，安靜得幾乎可聽到星星閃爍時的擁擠聲。

「你看過流星嗎？」土公陳仔問。

他搖搖頭。

「有時候天星就是會掉下來，可是當它們在上面的時候，活的人看得到，過身的人埋在坑裡也看得到，我的師傅跟你的阿爸與阿母嘛攏有看到。」土公陳仔不知何時也躺在坑旁，翹著一隻腳望著天空說。

不知不覺的，他的眼角滑下溫溫的淚水，但此時他卻沒有悲傷的感覺，只知道這樣躺著很舒服，且幾乎快睡著了。「這些是師傅跟我說的，他在我十二歲的時候就收留了我，他就是我的父母……」

「你的師傅叫什麼名字？」他含糊問著。

「他沒名字，我只知道大家都叫他師父，他是一個普通的吃菜人⋯

……」

這是他那晚最後能聽到的話，因為他實在是太睏了，接著，他就偷偷閉上眼睛，不再理會土公陳仔了。

長夏觀音

作者／呂政達

老婦人靠得更近，
從頭巾裡露出的眼神轉為熱切，
「這次，你的決定呢？」
……
「跟我來吧。」柔和的聲音，
飄進你的耳膜，
像是天空那塊不請自來的烏雲，
越飄越近。

長夏觀音

世事紛擾，夏天提前來臨。

也許只是這樣，夏天的來臨，季節轉變瞬間，有些漁人說看出海上雲霞上了一層釉般，顯得出奇鮮豔。北邊林子前的住戶，一夜間聞到梔子花的氣息。敬天宮的廟祝關門前照例上香叩拜，看見菩薩眼睛突然發亮，直直射過來。於是，他們知道，清清楚楚知道，夏天已經來臨。

也許真的只是這樣，夏天，並不只在老廟祝每日翻看的黃曆，數著菩薩的誕辰靠近。後來，整個雲邊村的居民總會知道，夏天就是一個微笑，一種說不上來的氣息，在漁船馬達劃過的長長波浪裡，在春日婆盲掉的眼眶間，在他們的心中。夏天，草木皆長，春日婆當時還不知道，她終年徹月的等待並沒有結束。

開始，你也一定覺得，夏天，就會這樣過去了。夏天就是老婦人忽然從濃密的林間現身，步伐緩慢，裹覆著鉛灰色的頭巾，兩襟掛的棉布長裙，來到你的面前，露出兩隻眼睛覷你：「時間已經夠長了，現在，你願意跟我走了嗎？」

* * * * *

這是雲邊村的夏天，海上沒有一點點風，街上看不見人影，住在林子裡退休的高老師才從你的身旁經過，拂曉出發的漁船仍無蹤影，一切一切，還有什麼好說的呢？但老婦人仍瞧著你，看穿你的沉默，如同等候一封遺失已久的回信，「所以，你願意跟我走了嗎？」

你用力搖頭，夏天的氣息從林間出發。「村子裡還有那麼多事情，發生過的，還沒有發生過的，我怎能在這時候離開呢？」老婦人眼神從即將降臨的暮色裡穿過你的心底，嘆氣，「我知道你會這樣回答我的。」

輕輕轉身離開，如木麻黃的果實掉落沙地，輕得難以察覺。

你回過神來，正是敬天宮廟祝察覺菩薩眼神穿過香火繚繚，直直看他的三天後，他一早來開廟門，發覺神像不見蹤影，只剩神龕的積灰上有個明顯的足印。廟祝大叫一聲：「顯靈了，菩薩自己移駕出巡了。」隨後趕來的村民在一片嗡嗡的聲響裡，認定是神像失竊，但這麼大膽的舉動，簡直是前所未聞。年輕的村長來到廟壇，也情不自禁的大喊一聲：「唉呀，我的神明啊！」你回想起一樁往事，或者，那還是多年後才會發生的事。

夜裡，漁村燈火通明，四名壯漢扛著空神轎，走一步，停一步，全村村民提著燈籠跟隨在後，腳步窸窣。沒有人出聲說話，拉長了耳朵，等待一向靈驗的金片觀音，顯現一點訊息。午夜，遠方傳來稀落的狗吠，低迷的風聲與海潮。失明的春日婆也由鄰居的孫女翠鳳扶著，跟隨在隊伍的後面。她走一步，停一步，嘴裡喃喃念佛號。你悲憐的看著春日婆布滿皺紋的臉孔，確實知道，常有菩薩前來顯現在她的夢裡，沒有顏色身影，只現熟悉的音聲。

＊　＊　＊　＊　＊

金片觀音。從你小時起，尋常跑過這座向海的小廟。進廟，看一眼神像，察覺手臂貼著一片金箔的觀音，眼神也向你望過來前，連忙轉身跑向海邊。漁船在遠方撒網，吹來鹹鹹的海風，碎碎浮動的陽光。

許多年前，一名前來許願的村民，為神像貼上那張金箔片，筊杯擲下，願望小聲念過，還承諾將來還願，要來貼上全身的金片。那名村民從此沒有再回來過，村裡沒有人知道他許的是什麼願，後來願望有沒有實現。外地回來的人傳出耳語，說那個人死於一場火災，出自神明的懲罰。神明會這樣懲罰信眾嗎？聽的人提出疑問，傳話的人也說不清楚。

村子還有一尊觀音。很久以後的事，高老師在城市小學教了一輩子的書，轉來村裡等退休後，仍然一個人住在林子邊的宿舍。宿舍邊水泥厝裡布置簡單的佛堂，只有座香案，也不知從那裡撿來的舊香爐，供奉全身皆黑的木頭觀音。高老師早晚來拜一炷香，這樣而已，沒有來過其他的進香人。偶而，以前的學生翠鳳來探望老師，聊聊學校的事。你總是覺得，高老師只有在這時才會露出笑容，回想往事，夜晚海邊的林子傳來嗚咽的風聲，高老師常常從夢裡驚醒。有一回，翠鳳握住老師的手，「老師，一個人住在這裡，也不是辦法，搬到村裡來吧，俊雄也說過好多回呢。」看不見高老師的表情，聲音緩慢卻無遲疑，「我必須在這裡照料菩薩。」

你倒是經常進來佛堂的，沒有人的時候。凝視黑面的觀音，從不直直望過來的眼神，像是住在一塊沒有醒過來的木頭裡，安撫著黑木頭的靈魂。神像眼睛也沒有全刻好，像雕刻師突然有急事外出，從此未再回來過。神像就留在那裡，混沌的表情接近入定，卻可讓觀看的人安定心神，安睡眠夢。

＊　＊　＊　＊　＊

菩薩托夢了，村裡四處傳聞，年輕的村長和大戶陳家小兒子，同時夢見金片觀音指點行蹤，一行人真的在海灘邊尋回失蹤的神像。這次，菩薩身上卻又多貼了一塊金箔，村長懷疑的眼神看著眾人，難道，過了許多年後，又有那個村民偷偷來許了一個願？

這來，輪到村民起驚，許多人當日的船也不出了，聚集在敬天宮前議論紛紛，深恐神明要不高興，來下罰咒。村長和陳家小兒子異口同聲，說夢裡菩薩明白指示，得辦場浩浩盛盛的割香禮，讓附近的眾方神明、菩薩來集，為地方祈福、沖煞，求風調雨順。當時，廟祝虔心祝禱，在尋回的神像前擲筊三回，也全是順筊，他又察覺到菩薩直直望過來的眼神。

這年頭，許多信眾心裡想求的，雖不只是風調雨順，消息傳出後，吉日定了，各地廟宇、神壇和家中的菩薩悉皆出動，陣頭布下，禮儀俱備，自當也不在話下。

你記得割香當日天氣俱晴，某家電視台氣象主播播報雲嘉南地區的天氣時，還特別提及雲邊村的菩薩割香禮。海濱這一帶，除了選舉外，已有多久沒辦過這麼盛大的事，這麼多的人。先知覺到的是鞭炮，四方八面響起的鞭炮，瀰漫的煙硝。金片觀音深坐在鑾駕裡，像座錦蓋華帶的小城堡。車隊出動，沿著穿過鹽田的產業道路，撲過來濃厚的夏日氣息，車隊蜿蜒長達一公里，跟隨金片觀音的鑾轎。神駕蓋伸出一根細長赭紅的旛子，帶領在前，但沒有人看得見金片觀音。跟隨在旁的廟祝必須按下掀開神轎簾幕，凝視觀音的衝動。就在熱鬧的當兒，廟祝心裡浮起一個幽靜的疑問：究竟，他真的敢承接觀音射過來的眼神嗎？隨後，則是更多的鞭炮聲，聲響震天的鑼鼓，兩旁屋舍總有民眾出來燃香，跪拜。

車隊來到集合點，離開鹽田，看得見海岸的空曠地。車隊抵達時，現場幾百名信眾同時燃起香，簇擁著他們帶來的觀音神像，等著從金片觀音轎鑾前的香爐分送下來的香火，完成割香的儀式。儀禮開始，年輕的村長和陳家小兒子帶頭，點香，跟隨著儀式叩拜，日頭燦爛，正如氣象報告。巨大的煙霧陣容裡，視線並不清楚，你想起村長和陳家小兒子提到的夢，還有經常也會夢見菩薩顯身的春日婆，夢裡的菩薩，有沒有預知過這樣的場景，這樣的陽光？

*　*　*　*　*

陽光耀眼，高老師的臉孔仍顯得蒼白，雙手托著他的黑木觀音，遠遠站在最邊緣，倒像是前來看一齣戲遲到的觀眾。只有翠鳳和俊雄夫婦張把洋傘，恰恰夠遮住神像的沉黑臉孔。

還有你，當然的，你也跟隨在他們身後。從金片觀音傳過來的香火，到達這邊時，只剩下一根沒有燃點的碎香腳，廟祝把香遞過給翠鳳，一臉歉意：「唉呀，我再過去拿。」

「沒關係，」高老師看一眼廟祝，兩個老人互相交換眼神，卻猜不出彼此的心事，「有誠意來了，就可以了。」聽高老師這樣說著，廟祝又深深望了他一眼，看見高老師手裡托著的黑木觀音，沉甸甸的不起眼的黑色。他雙手合十，向菩薩行禮膜拜。

電視新聞的攝影機圍著村長和陳家小兒子，遠遠傳來的聲響，只像是耳朵浸在水裡後，聆聽水面上的動靜。你倒可以猜到，他們必定重覆談起神像的失而復得，神奇的菩薩托夢。高老師和黑木觀音站得紋風不動，炎熱，夏日的典型天氣，這樣的姿勢其實也並不容易。俊雄長年在海上捕魚磨出繭來的手掌，握著小洋傘，望著妻子翠鳳，也襯托出一股難得的柔情。

*　　*　　*　　*　　*

你又見到老婦人從前頭人眾堆裡顯身出來，走過來，向你招手。仍然裹著灰色的頭巾，兩襟掛的棉布長裙，一點也不招眼的，站定：「喂，這麼熱的天氣，真少見。」

轉過頭來，察覺老婦人的眼神，她說：「小時候，你還記得有過那個夏天，烏魚群來得特別早，從北邊來。」

你們彷彿同時離開這個夏天割香禮的現場，熱鬧散盡，沉浸在各自回憶的場景。你想起許久以前，跟隨父親的船隻出海，收網時沉甸甸的感覺，陽光盡情地跳躍在漁網繩纜上，閃耀的魚鱗，浮動的水光，那是多少年前的往事。你回過神來，攝影機仍簇圍著金片觀音的鑾駕拍攝，飄來一片烏雲。或許，過去的事情，海上的種種，過於久遠的，反而像是從來沒有發生過。

一個人在海上時，暴雨打來，浪頭漸次昇高，會聽見一道聲音，比耳語還細的聲音，叫你的名字。會看見一個臉孔，圍繞純淨的光亮，在絕望的深淵邊緣，靜靜看你。然而，很少有人能夠把這部分的記憶看得清楚，回應老婦人的話，「是啊，」你說，「夏天總是會有特別美好的回憶，連悲傷與絕望，也覺得比較能夠忍耐了。」

老婦人靠得更近，從頭巾裡露出的眼神轉為熱切，「這次，你的決定呢？」

「咦？」內心惶惑，如引信，多年的巴望一層層爆發開來。

「跟我來吧。」柔和的聲音，飄進你的耳膜，像是天空那塊不請自來的烏雲，越飄越近。「都這麼久了，歲月看多了，不就是那麼回事，你應該學習放得開。」

「放開？」你憤怒的揮著手，往事一樁樁浮現，掠過，這時的感覺特別的鮮明，癡迷：「如果妳是我，這樣的命運，妳會放得開嗎？」

「好吧。」老婦人的聲調只是柔柔的飄著，卻透出瞭解與無奈，「但你要記得，我還會再來的。」

＊　　＊　　＊　　＊　　＊

來不及看清老婦人離開的方向，天空飄來的烏雲突然降下陣雨，這場雨卻只環繞著金片觀音的車隊，彷彿真的是應一種召喚，或者某個祈求而來，像是一枚由雨珠製成的指環。當晚的電視即時新聞，都播出了這個畫面，某名新聞主播宣稱「這是難得見到的神蹟」。畫面裡，雨水和數公尺外的陽光同時俱在，如水與火安然共存，只見陳家小兒子渾身皆濕，跪倒在陣雨裡，直喊：「顯靈了，菩薩顯靈了。」所有攝影機圍繞著陳家小兒子，浸潤在雨陣裡的神轎，慌亂間，有好幾名記者跌倒，也顧不得麥克風上的泥土，繼續搶鏡頭。

許久以後，廟祝翻閱當時的報紙，發現有名記者如此形容：「就像冥冥中有神明對著手上戒指呵氣，於是化成人間的甘霖。」他卻想起雨中伊時，心裡最想做的事，卻是從神轎裡請出金片觀音，托住神像，趕快離開騷亂現場。「觀音，我們回家吧。」當時廟祝心裡反覆念著這兩句話，如同那是一則安定心神的咒語。他垂下雙手，沉默的站在雨水裡。

他回想這長長的一生，供養、服事菩薩的歲月，出現過多少次神蹟的事件。附身的乩童，突然跳起狂亂的舞步；法事中途猛烈冒煙的香爐，吞沒了所有的香枝；一張事後證明靈驗的籤詩，托夢，感覺菩薩的眼神直直向他望了過來，他總是像這樣沉默以對。神蹟？廟祝最幽微的內心轉過一個念頭，一個深沉的祈求，當菩薩如同季節終要降臨，他一定要是第一個知道。

* * * * *

十數公尺外的陽光悄悄轉弱，海岸線吹來的風帶點鹹味，俊雄，翠鳳，高老師托著黑木觀音的小小隊伍，絲毫未引起注意，站立到儀禮的時辰結束，收好儀香，夏季的這場對流雨已近尾聲。你聽見高老師低下頭來，低聲祝禱的語調湊近神像：「觀音，我們回家吧。」仍舊由俊雄開車，一路沉默無語，回到林間的小厝。

俊雄和翠鳳都是高老師的學生，但他始終知道，如果不是翠鳳的體貼心意，或許他不會如此的靠近高老師過。有次，他獨自走進林間的小佛堂，在微弱的香火和寂靜的氣氛裡，察覺黑木觀音沒有雕刻完成的眼眶，突然顯現出光亮，才要凝神觀看，那種感覺卻已消失。

高中畢業，俊雄承繼了家族的捕魚工作，長年出海，造就他的沉默個性，翠鳳說：「他這個人就是這樣，什麼話都擱在心裡頭。」好像回憶裡也沒有談過什麼戀愛，但從小相識的他們，結婚，卻像天經地義。

雲邊村的日子，就是這樣過下去的，如同村外的海洋，乍看總是一成不變的大片藍色。每天，翠鳳會繞到隔鄰，陪春日婆吃中飯，春日婆端著飯碗，桌上有俊雄的船捕來的鮮魚，她從出神的姿態裡轉向翠鳳，每每會問：「小翠鳳，現在是那年那月了呢？」分明思念過深而失明的眼眶裡，包藏著凍凝在過去的影像，還看見小小的翠鳳放學後，跨過門檻進來屋內，還有個小男孩叫俊雄的，也隨後跑進來。小男孩的影像已經模糊，你確實知道，春日婆忘記時間的腦海裡清楚浮現的是另一個男子，永遠年輕的模樣，穿著新婚妻子縫製的衣衫出門。男子背部有三顆排列成直線的朱色痣，算命的說那表示一世好命，她的男人出海後，從此沒有再回來過，然後是等待，終年徹月的等待。翠鳳最怕春日婆突然顯出傾聽的表情，專注而期盼的問道：「小翠鳳，門外是不是有腳步聲？」這個時兒，怎樣的回答都不是。這個時兒，你悲憐的看著春日婆熟悉的臉孔，感覺時間從指尖完全脫落，靜止。你靜靜的穿過堂弄，舊日的室內陳設，輕的幾乎聽不見聲息，輕的讓春日婆相信那只是場夢。

＊　＊　＊　＊　＊

夢境。浮動的梔子花氣味間，高老師慣常在黃昏小佛堂，維持著安靜的姿態，上香，念一段經文，把時間和世界都遺忘在小佛堂外。你這時從小佛堂前經過，下意識覺得要放輕腳步，不能擾亂一個老人與菩薩的交流感應，夢境般的時刻。

往事，真的說來就像夢境，翠鳳記得初次隨老師來到佛堂，高老師即提起過，他討海的曾祖父遭逢暴風浪，全船的人都跌進海裡，眼見即將沉沒，漂來一截黑木頭，救了曾祖父的命。

海上的黑木頭，還沒有醒過來的黑色靈魂。曾祖父說就在茫茫海上漂流時，卻能感覺看見巨大的光亮，照耀在他的視線範圍內。他知道尋聲拔苦，應求而至的觀音菩薩，就顯現在這截黑木裡。觀音神像就附著木頭的紋理刻成，傳下來，歲月忽忽流動。

「老師，」當年的翠鳳好奇探問，「要不要找一個更大的，更豐偉的地方，來尊奉菩薩呢？」

高老師搖頭，「那不是菩薩要的東西，曾祖父告訴祖父，其後代代傳下的一段話是，海上來的菩薩，要的只是能看見海。」

「老師，老師，」翠鳳問，「如果把廟蓋得大間一點，有好幾層，站在最上面，不是也能看見海了嗎？」

你悠悠想起這段往事，記得高老師聽見問題後的表情，搖頭，還是搖頭。你轉頭向雲邊村的方向看去，那裡有輝煌的香火，絡繹往來的香客和神蹟靈驗的傳奇。紅塵和紙錢在夏季的焚風裡節節昇高，海，其實隔得很遠。

＊　＊　＊　＊　＊

遙遠的海上，傳來不好的消息。俊雄的那艘船失蹤三天，全無音信，氣象報告並未提到有特別巨大的風浪，但船卻平白失去聯絡。晴朗的夏日，你站在海灘，運用所有的感官向海面搜索，意識飛過跳躍的浪潮，但仍一無所得。這倒像是大海開了個玩笑，把人和船給藏起來，玩捉迷藏。你想，大海開的玩笑，難道還不夠多？

船隻失蹤第三日，清早，村長和陳家小兒子帶領村民，來開敬天宮的門，向神像求指引、保庇。連擲三個筊，卻都不是順筊。連一早被喚來拍攝求神現場的電視新聞記者都著急起來，負責播報的年輕女記者對著攝影機，用力搖搖頭，表情誇張的說：「看來，真的是兇多吉少了。」廟祝隨後收起地上的筊杯，雙手合十，對空膜拜三回，仍然沉默的站在一旁。

「諸位，不要擔心。」村長接受新聞採訪後，向村民宣布，「敬天宮的觀音一向有求必應，非常靈驗的，祂的指示是時辰未至，還要再等兩天，一定會有好消息。」

陳家小兒子答腔，「我剛才已經向菩薩許願，如果船隻獲救，雲邊村為了答謝菩薩恩澤，將會辦一場最盛大的法會，募錢，蓋一間臺灣最大最漂亮的廟。」

那三天裡，村長和船員家屬，走遍附近全部的廟宇，觀音、媽祖和千歲府裡香火空前鼎盛，廟祝連三日未曾闔眼，猛抬頭，穿過薰香瀰漫的的神案，他再度察覺菩薩直直射過來的眼神。廟祝心想，菩薩到底想跟他說些什麼？

*　*　*　*　*

村民全然忘記，林間還有座小佛堂。接下來的三天三夜，你看著高老師帶領翠鳳，跪在神像前，念大悲咒，陀羅尼心咒，拜請菩薩聞聲救難，尋找海上迷蹤的俊雄。仍只是一炷心香，黑木觀音的眼眶仍輕閉安睡，沒有更多餘的表情。

「俊雄是個好孩子吶，這次，菩薩真的要保佑，讓俊雄早點回來。」聽到消息後，堅持要由翠鳳攙扶來的春日婆，坐在靠牆的椅上，緩慢但持恆地念著經文，一字，一句，一行，周而復始的串成一個意念與願行的珠子，環繞著向晚的相思樹林。菩薩願行，眾皆悉聽，春日婆知道菩薩常會顯現在她的夢裡，指示訊息，那是她僅餘的視覺。

你望著念經的翠鳳和春日婆，意念悄無聲息的穿過相思林，沙岸，然後彷彿在海上行走。但你終究仍留在昏暗的小佛堂，想在這南方的雲邊村裡，難道菩薩真的不庇佑好人，卻讓老少這兩名女子，相繼步入同樣的命運？你帶著怒氣，怨氣，望著神案上的黑木觀音，曾經是海上的漂流木，觀音何時才會醒轉過來，聽見人間的聲音？

老婦人像是能聽見你的質問，從相思林的深處現身，梔子花香穿越而至，仍裹著灰色頭巾，兩襟掛的棉質長裙，來到你的面前，附耳向你說：「命運是因果，不能相求。」

你看著老婦人，覺得她的聲音突然飄到遠方，只像是一陣晚風，「咦，難道妳從不放棄嗎？」

老婦人眼睛露出笑意，「我從來不放棄任何一個人的，只是，你終於要放下了嗎？」

你轉頭望向失明的春日婆，老婦人的眼神追隨著你，彷彿替代春日婆的回答：「春日終會有她的福報的，倒是你，我掛心的是你，你這番的流連，其實也夠久了。」

你的腦海迅速轉過無數念頭，前世與今生全都混和在一起的畫面，像一下投入太多紙錢的金爐，竄出熊熊烈火。才想要再講些什麼，老婦人看穿你的心意，長長嘆一口氣，「無明，無明在冒火囉。」

「來。」老婦人的聲音像甘露，招呼你坐下，這次，你願意跟從，在地上趺坐。

「來。」老婦人說：「就是當下這一刻，把你的怨恨、掛念，不捨，把春日、翠鳳，海上的俊雄都放下來，先念一段觀世音普門品，老實念經，什麼都不要想。」

老婦人帶領你念經，那原是你極熟悉的經文，無須思索，一字一句的從嘴裡念出來，繞過嘴唇再回到心底，迴轉在一個無底的漩渦裡，越轉越遠，越久，終究不再起念頭，不再聽見聲音。你幾乎已經忘記時間，也不知道老婦人什麼時候離開了，只有一個吩咐留在耳邊：「以後，就老實念經吧。」

＊　＊　＊　＊　＊

那日晚間，小佛堂裡沉睡的春日婆醒過來時，向翠鳳說：「我看見一個光亮的東西，菩薩親口跟我說，沒事了，沒事了。」

果真，失蹤六日後，救難隊尋獲引擎失靈，順著海潮漂流的船隻。船長說連羅盤、對講機都突然不靈了，像是大海給他們開的一個玩笑。眼看船隻只有向著北方的海域越漂越遠，像一截海上的漂流木。虛弱的船長對著記者湧過來的麥克風說，一切幸好有菩薩保佑。

當晚在林間的小佛堂，脫險的俊雄祝香謝神，描述起海上的經歷。跟岸上失去聯絡的第二日深夜，他一個人站在船首，察覺頭頂突然顯現一陣巨大的光亮，好像是一張臉孔，圍繞在純淨的光圈裡。那一瞬間，感覺只像是個幻覺，但隨後數天，望著不見邊際的海面，他始終堅信能再回來。

因果相報，果真不能相求？你想起老婦人的話，回想自己在海上的遙遠記憶，拉起魚網時沉甸甸的感覺，巨大的光亮，浪頭漸次昇高，絕望的深淵，最後一刻的知覺，你會想起什麼？

＊　＊　＊　＊　＊

後來，卻輪到春日婆病倒，虛弱的身軀躺在床榻上，偶而像夢囈般的，念起那名男子的名字。久遠的回憶，算命口中的一世好命，那男子離開新婚妻子後，從此一去不回。「至少，這麼多年了，也要給我個交代。」春日婆喃喃出聲，床邊的翠鳳卻不知如何搭腔，出事那年她年紀仍小，早不記得春日婆終日掛念的男子模樣。她照常要送飯過去，也將春日婆的生辰八字放在小佛堂裡，求平安、好轉。她仍常會從你身旁經過，卻未聽見你沉重的嘆息，眼神如降臨的暮色。

＊　＊　＊　＊　＊

雲邊村繼續湧進從未見過的人潮，陌生的臉孔，豐盛的香火，紙錢和添油香錢，簇擁著敬天宮的觀音。一車車遊覽車專程開來，向神明求明牌，問股市，有人盯著香爐裡香灰掉落的痕跡，一盯就是大半日，然後滿意的離開。有些村民也不再出海捕魚，就在廟前廣場賣起明牌，教人求富貴。廟祝清晨前來開門，上香，發現廟前人潮終夜未散，夜間燭火通明，求明牌的外來客全圍攏在香爐前，等待神明顯靈。廟祝跌坐在神桌旁的籐椅上，神色沮喪，沉默無語，這些，你都看在眼裡。你仍喜歡在黃昏梔子花瀰漫的氣味裡，來到相思林間的佛堂，看高老師孤獨而安詳的祝禱、念經，一輩子就這樣過去了。老婦人的聲音時常飄過耳際，「記得，老老實實的念經。」你知道，這一切，都將要結束。

*　　*　　*　　*　　*

夏天將要結束前這一期樂透開獎，有人送來長串的鞭炮，感謝明牌靈驗。隨後是瘋狂般前來的電視轉播車，電視新聞連播三日，那名氣象主播神氣十足的站在敬天宮前取鏡，談起割香禮降雨的神蹟，「我早就知道，這裡的觀音菩薩真的有靈。」他沒有預見其後登場，早來的秋颱捲起的風暴，在夏天的這個角落，這群人的周圍，釀成內心的風暴。

湧進來更多的人群，紛紛擾擾間，鞭炮聲足足響起三天三夜。村長和陳家小兒子現在像是成功的企業家，談起他們的計畫，空前盛大的法會即將展開，朝拜與觀光的人潮帶來的商機，陳家的土地上要興建的大廟，遠遠的可以望見海洋，庇佑海上黎民，他們還計畫在動土典禮那天，請總統、行政院長和宗教界的長老一起參加。陳家小兒子在一次酒醉時透露，菩薩身上的第二片金箔，就是他給貼上的。旁人起鬨問他許了什麼願，他神秘一笑，只說快了，就要靈驗了。

村長召開了一場記者會，宣布建廟的消息。會中，他建議將金片觀音鍍成全身金裝，可以媲美北方的金媽祖。他說，金光閃閃，金碧輝煌的神像，才住得起將來全臺灣最高最漂亮的廟，也才配得上菩薩顯靈的顯赫名聲。村長的話才說完，全場立刻響起一片掌聲。是的，菩薩願行，眾皆悉聽。

敬天宮前的廣場，很快的就矗立起十層樓高的看板，遠遠就可看見看板上的金字：「恭建敬天宮大慈大悲神威顯赫有求必應金觀音萬方弟子善男信眾同賀」，夜間還有霓虹燈閃耀其上。法會即將舉行，前來登記的各地廟宇、神明、道壇、陣頭、八家將、牲禮、香燭，人間可以想像得到的熱鬧場面，就在廣場上張羅開來。你看見翠鳳等春日婆熟睡後，姍姍來到小佛堂，觀音仍然沉睡在那截木頭裡，尚未完成的眼眶，安撫木頭裡的靈魂，「老師，這次我們要準備香燭，前去參加法會嗎？」只見高老師緩慢的搖頭，上香，回過神念他的經文。

* * * * *

然而，這是世事紛擾的夏天，結束於一場提前來到的秋颱。那颱風形成後，數度在海上停留、盤旋，連氣象主播都說不準颱風的動向，然後，卻像應召喚而來那般的，轉了個大弧度，颱風眼就在雲邊村一帶的海岸登陸，再回頭反撲，雲邊村颳起空前的暴風，海水倒灌，敬天宮廣場全淹沒在水裡，陰霾低低的壓著，像是神明廢捨的土地，那座看板也應聲而倒，一點也不像有菩薩保佑的樣子。颱風過後，村長頭一個走進敬天宮，發現香火澇倒，神像已不見蹤影。村長大叫一聲，「糟糕，菩薩被颱風吹跑了。」這一聲喊，夏天正式結束。

夏天的結束，沒有特別的徵兆，說不定只是一個說不上來的氣息，在漁船馬達劃過的長長波浪裡，海上傳來魚潮的訊息，俊雄再度上船出海捕魚，心裡浮現出巨大的光亮，跟隨海面的鱗片，回過頭，彷彿看得見岸上翠鳳的身影。

說不定，夏天的結束只是一個微笑，一個交換的眼神。就像颱風過後的晴朗午後，廟祝和高老師在廣場前的照面，打招呼，「這個夏天真是長，好長好長的感覺。」他們一起嘆氣，「好在，秋天馬上就要到了。」

「菩薩還好吧？」高老師問起，眼神閃爍發亮。

「誰知道呢？說不定，菩薩終於回到海上去了呢。」

「真巧，」高老師意味深長的說，「我們家的菩薩，當初也是從海上來的。」

廟祝堆滿皺紋的臉上露出難得的笑意，那天夜晚，他終於知道菩薩直直射過來的眼神，要向他說些什麼了。這一次，他小心的沒有在神桌上留下足印，感謝這場颱風，廟祝心想，真是菩薩顯靈。

＊　＊　＊　＊　＊

夏天結束於春日婆一場異常真實的夢境。她等待的男人穿過堂弄，從前廊走來，舊日的陳設紋風不動，室內沒有一點點的光線，一點點的風，但男人握著她的手，給她短暫的視覺，短暫的溫存，「這些年來，受苦了。」春日婆終年徹月的等待並沒有結束，她的身子漸漸好轉過來。

夏天也結束於老婦人投過來的眼神，光亮柔和，從相思林深處現身，仍裹著灰頭巾，兩襟掛的棉裙。「你願意跟我來了嗎？」

你點點頭，心內絕無雜念，「謝謝妳的接引。」

老婦人微笑答禮，「那裡，我早就說過，我不會放棄任何一個人的，這個夏天，你就想成是一場因果循環吧。」

夏天，就是無盡因果。老婦人行走在前，往著大海的方向，你轉身跟隨而去，夏日餘暉無限，照著你背上三顆排列成直線的朱色痣。

惡臭・符

濃濃的墨汁被紙吸附，
沿著筆畫的邊緣細細地擴散出扭曲的毛邊。
那張符帶有一種奇異的生命力，
我唯一認出的是中間一個歪斜的「虫」，
上下左右則是按照某種規則
組成的直線和橫線，
和我想像中彎彎曲曲的的符不同。

作者／林奎佑

惡臭・符

從很久以前，貝就開始留意身邊的各種氣味。但也許是太過習慣的關係，就像大多數人，他並不能清楚地嗅出屬於自己的體味。

他一直很安靜，不希望自己引人注意。貝沒有什麼朋友，因為他不但話很少，在交談的過程中還會不時地發呆，讓人覺得難以忍受。

其實他只是被周圍的味道所吸引。

灑在灰塵上的自來水、空罐回收筒底部發酸的汁液、便當蒸氣和粉筆灰混和的氣味、體育服、生理期……各式各樣的味道都讓他分心。聞不到自己的味道讓他有點不安，就算一次也好，貝都想確認一下自己的氣味。

嘴唇張合，往左右拉開，又向前擠。上面的皺紋細細的聚集，像乾枯的葉片。從女孩子的口中傳來，並不香，帶點潮濕和熱氣，人的味道。

「看什麼啊！」因為貝看的太專注，被女孩狠狠推了一把，「怪噁心的！」

其他人一起哄笑起來。「噯，怪少年喜歡你啊～」女孩被說的臉都漲紅了，轉而將怒氣都發洩在貝身上。

「你這人臭死了，不要靠過來啦！」

（臭？誰？我嗎？）貝愣住了，這是第一次有人這樣說他。自己一向非常注意乾淨，即使寒流來襲，或熱水器壞掉，貝也要洗過澡才能安心上床。

「大家離遠一點！」附近幾個傢伙也立即掩住鼻子，彷彿他身上真的發出一股惡臭一般。

（我的體味很怪嗎？會臭嗎？哪裡臭？為什麼我自己聞不到？大家都這樣想嗎？）一連串的問號在腦中轉，因為沒實際聞過自己氣味的關係，他完全不知該怎麼反應。要羞愧？還是反駁？

「我……我……」他吶吶地說。

「唉喲！嘴巴臭死人啦！」幾個同學邊嚷嚷邊誇張地向外逃去，教室裡面的人笑成一團。

第二天上學，貝發現自己的座位上有張紙條。沒有署名，上面畫著一個張大口的小人，旁邊歪歪斜斜地寫著：嘴巴臭死了。

貝抬頭看看四周，所有人都裝作沒注意到他，但是貝可以感覺到，每張背對的臉都帶著惡意的笑容。

那是一種詛咒，一種宣告。

貝每天騎腳踏車上下學的時候，會經過一條荒涼的小徑，兩邊都是長長的雜草，再過去一點，還有一條幾乎要乾掉的小溪。那天傍晚，貝用力地踩著踏板，比平常更快速地衝過那條小徑，滿腦子都是那張紙條，還有被嘲笑的情形。他只想盡快回家用力的刷牙，狠狠地洗個澡，將自己全身上下的味道都抹掉。

就在這個時候，嘴裡好像有隻蟲迅速飛進去。貝沒有特別留意，只覺得口腔裡出現一點淡淡的青草味和土味。平常騎車，有時候也會有一些蠢笨的飛蟲閃避不及撞入口中，所以當時並沒有特別注意這件事。

然而那味道卻沒有像以前一樣自動消失。洗過澡、吃過飯，一直到睡覺前，喉嚨都還可以感受到那氣味。不僅如此，一股奇怪的噁心感覺開始從身體裡面冒出來。正確的說是從喉嚨底下，逐漸湧出濃重的土味。貝喝下不少水，但是那土味非但沒有被沖淡，反而變得更加惡劣起來。

（這種味道……）他皺著眉頭，像是吞了一大塊爛泥巴的臭氣，到底怎麼回事？

「紙條！」他忽然想到。接著，是那隻蟲。

貝忽然領悟到，自己吃下去的那隻蟲，並不是平常的蟲。

真的應該多注意一些的，貝悔恨地想。不，早知道如此，應該從看到紙條開始閉緊嘴巴。只要死命咬著牙齒的話，怎麼樣的怪蟲都沒有辦法進到自己身體裡面吧。自己究竟吃進去什麼樣的東西？別人會不會聞到這種怪味？貝開始深深地感到恐懼。

＊　＊　＊　＊　＊

貝沒有告訴任何人，獨自用盡了方法去尋找那不知名怪蟲的名字。他無助地在書店裡面翻找，各種昆蟲圖鑑、稀有動物解說、生態保育叢書之類，貝吃力的一個一個比對，但是沒有一個符合他理解的樣子。

最後，在一間老舊的二手書店裡，他翻到一本怪書，裡面詳細地記載了各種蟲類和異獸。貝入迷地翻著，當翻到「咒蟲」一項時差點驚叫出來。

咒蟲：

鳥獸類考　此物多生濕地，其身具五彩。惡臭，不可食。小者腹具人面，尤毒。南人以之為蠱。

古今注　物腐久則生泡，中有蟲，黑身惡臭，文如錦。錄異記　軟腹硬口，多足。以之咒人，久而週身青爛。用水煙一握納口中，若覺味辣可治，如食煙而味不覺辣者不治。

「是這個！」想到自己的嘴裡有隻發臭的毒蟲，貝再也忍受不了，丟下書轉身逃走。

貝關在房間裡，每天對著鏡子不停的尋找。

他使勁的張大喉嚨。為了讓光源照的更清楚而蹲低了身體，用一種奇妙傾斜姿勢上下移動著。

喉嚨的後面，被肥胖舌根擋住的再下頭，那是惡臭的來源。

（那兒應該有隻被黏液包覆，有著醜惡人面腹部的小蟲吧。）

貝越來越焦慮，他將手指伸進去，使勁地掏弄。（看不到，還差一點，在更下方！）他將嘴張到最大，還是什麼都看不到，只有一些白濁的黏液貼附在咽喉的最底部。突然一陣嘔吐感湧來，他急忙抽出手，硬吞口水將那感覺壓下去。

咒蟲從四面伸出細細的菌絲，緊緊吸入黏膜和肌肉組織中，和神經末稍連接在一起，直接將那種惡臭傳到腦葉裡。隨著時間過去，味道漸漸的蔓延開來。不管貝吃什麼喉糖，喝再多的水也減輕不了。那團氣味中還有種種不同微妙的差異，就像海底透明的水流，分成一股股各自流動，從表面上卻看不出什麼分別。那些氣味互相撞擊、排斥、融合著，有的像發霉的精液，有的像新鮮帶著熱氣的內臟，有的像雨林中腐爛的落葉……用日本美食節目的說法，這是「充滿層次感」的氣味。

如果可以的話，貝甚至不想呼吸。因為他從書上看到，鼻腔和喉嚨之間有通道相連。若是惡臭順著呼吸散播出去怎麼辦？然而呼吸無論如何是沒辦法停的，剛發現這點的時候貝感到痛苦無比。

但至少嘴巴是可以自己控制的。因為惡臭的關係，貝漸漸不肯吃東西。如果要吃東西，就必須在別人面前張開口。他很清楚那種惡臭不是任何人能夠忍受的。如果讓人聞到，想必親如家人也無法忍耐吧。為此他激烈的挨餓，時常餓到大腦都快麻痺，肌肉不停地抽筋。

可惜飢餓無法讓自己聞不到味道。

每分每秒必須與惡臭同處實在讓人幾近崩潰。雖然想試著習慣，但每當覺得稍稍可以忍耐的時候，它又會更加激烈的活動起來。喉嚨黏膜的部分似乎變成一個一個的毒氣囊，身體只要略微晃動，臭氣就突破細胞膜向外散布。

更糟的是，就像聞到特定的味道會喚起某些鮮明的記憶一般，這股臭味帶給貝詭異的幻覺。但那不是任何他曾有的印象，而是一種外來的物體，隨著惡臭的瀰漫，逐漸侵蝕到大腦的深處。

白天的時候他極力對抗著那種味道，到了晚上，貝就開始做夢。

他夢見自己站在一個井一般很深很深的洞穴裡，膝蓋以下都浸泡在混濁的水中，從上面不停的有人挖掘爛泥巴丟下來，讓他完全無法抬頭。泥巴沒頭沒腦地蓋在他頭上，散落在水裡，發出「噗嚕噗嚕」的聲音。身上到處都是淺淺地傷口，大概是被丟下井的時候摩擦到的吧。每個傷口上面都覆蓋著幾千隻的蠕蟲，將肉整個翻起。雖然一點都不痛，但是貝不敢去看，他怕自己會因此而嘔吐。他使出全身的力氣站直，一邊聽著蠕蟲激烈翻滾的聲音，一邊瞇著眼看著水面，任由泥巴永不停止地倒在身上。

那樣的夢。

從第六個星期開始，貝反彈般拚命的吃東西。一方面是餓的受不了，腦中完全被挖空，只剩下一些模糊的食物形象。另一方面，貝想，若是努力吃東西的話，或許可以將那種味道壓下去。在家人詫異和恐懼的眼光下，不止味道重的食物，貝幾乎將所有出現在視線範圍，能夠吃的東西都用力吞了下去。他無法停止食物滑入口中可以暫時蓋過怪蟲黏液的虛假想像，不停地索求更多更多的食物。身體無法適應這種暴食，於是貝的臉和手腳還是細瘦，肚子卻高高地鼓起，表皮繃的無比光滑，下面明顯的青色微血管看起來像是某種詭異的花紋。

在胃中消化不了，從食道底端無法抑制地湧出發酸的氣泡。終於，那些食物成為惡臭的一部份，成為怪蟲的養料。

貝想過無數次自殺的方式。

但是死掉之後，能夠確定那種惡臭會消失嗎？他看過電視，知道人死了之後，內臟就變成植物、蟲子最好的養料。幼時掃墓的時候他就曾經見過，從腐朽一半的棺材中長出來的芒草異常茂盛，那種強烈的生命感帶著極為不祥的氣息。自殺之後，或許會從屍體肚臍的位置長出幾朵巨大散發著惡臭的蘑菇吧。至於眼珠嘴唇大概會被小蟲作為產卵的巢穴而高高隆起。每個人都會知道他是因為自身的噁心臭氣而自殺，而即使做到這種地步，也只是讓人更加確定他是「令人作嘔的傢伙」，完全無法逃脫。

＊　＊　＊　＊　＊

因為一直不肯說話和持續的大吃，貝終於被帶去醫院。經過心理醫生一再地保證之後，貝很艱難地用筆寫出了他的恐懼。

這是他第一次告訴別人。為了讓醫生瞭解，他很努力的用文字試圖描述被詛咒的經過，蟲怎麼飛進嘴裡，兩者間又有什麼樣的關連。而其中最困難地，就是向未曾親身經歷過的人描述那種無法忍受的味道。

不習慣筆談的關係，醫生費了很多力氣確認貝的意思。而貝則是一遍又一遍修改對臭味的描述，還有那些惡夢。他畫了井、傷口，並且在寫著醫院名字的便條紙上，根據自己的推測畫出怪蟲的樣子和斑紋。那看起來像跳蚤和蜘蛛的合體，腹部則是顆五官擠成一團的人頭，在頸子的地方連出無數條細線，像樹根一樣彎彎曲曲地延伸開來。貝想了一下，在細絲的旁邊加了一個註腳：「菌絲」。

「我想，你是覺得自己的嘴裡有蟲，所以會發出臭味，因此不敢開口說話。吃東西則是為了壓下這個味道，你其實並不想吃，對不對？」醫生皺著眉頭，很認真的看著他的圖，然後試著下結論。

貝覺得不大對，這樣的歸納裡面似乎缺少了很重要的東西，不過還是輕輕點點頭。

「嗯，那我先開一些藥給你吃，如果按時吃的話，那種惡臭的感覺就會減少一點，這樣暴食的情形也可以改善。下次你再來的時候，我們……」

（那，詛咒呢？）

貝急速地在紙上寫了幾個字，遞給醫生。

「你知道那是什麼蟲嗎？」

「蟲？」醫生愣住了。

貝看著醫生的臉，在那一瞬間他瞭解，不管是藥，或是這個人，都沒辦法幫得了他。

他默默將畫的圖疊好，在任何人來得及阻止前撕碎吞下去。

＊　＊　＊　＊　＊

餐桌前，一家人沈默不語地進餐。幾個月來，對貝各式各樣古怪的行為，家人的忍耐逐漸到了極限。尤其在看過醫生卻無效之後，貝的那種絕望感更蔓延開來，大家都很不安。

「別再吃了！這種吃法看了就噁心。」爸爸忽然大聲說。貝停下猛吃的動作，靜靜地把叉子咬在嘴裡。

「你別這樣。」媽媽不安地說。

「什麼蟲，什麼詛咒，發什麼神經？啊？」爸爸越說越氣，「綁起來狠狠地打一頓，什麼問題都沒了。就是你們對他太好，太縱容他，所以他才變成這樣。」

「關我什麼事？不要扯到我好不好！我吃飽了。」姊姊不高興地推開椅子，站起來準備離開。

「呃……呃……」貝發出奇怪的聲音，所有人將目光轉向他。

不知道什麼時候，貝開始用叉子在自己的嘴裡攪動著。

「在幹嘛！啊？啊？……」爸爸的聲音漸漸低了下去。

「呃啊……呃呃……」貝臉色發白，手關節握的死緊，越來越用力地往裡面掏弄，血絲從嘴角不停溢出，鐵叉和牙齒撞擊的「格格格」聲音讓人汗毛直豎。

「不……不要這樣……」媽媽軟弱的說。姊姊抓著椅子的手顫抖著，說不出一句話。

「這傢伙，瘋了，沒錯，瘋了！」

「撲哇！」一聲，貝的嘴巴戲劇性的鼓漲起來，幾個人眼睜睜看著他吐了整張桌子。夾雜著血液的黃褐色半固體黏稠物濺的到處都是，發出驚人的惡臭。

叉子掉落在地面，發出清脆的聲音。

貝兩眼發直，閉著嘴發出間斷地「嗚～嗚……」聲音坐在椅子上，雙手無力的垂下。口水、血液和嘔吐的殘渣沾滿一身。

爸爸完全呆住。媽媽開始小聲地啜泣，而姊姊只結結巴巴的說了一句：

「臭……臭死了……」

於是我站在這裡，貝的房間門口。貝的媽媽，也就是我阿姨，正低著頭站在身邊。

＊　＊　＊　＊　＊

接到阿姨十萬火急的電話已經三天。我還來不及反應，她已經鉅細靡遺的將小表弟發狂的經過，從醫生那聽來的自以為被臭蟲附身之類的事都說了。阿姨在走投無路下向我求助，只因為我是家族中唯一念完研究所的人。但這不表示我對這種狀況有比一般人獨到的見解，更別說如何解決。

連醫生都不能解決的怪病，就只能找一些怪人。我能想到的，只有晴明。

晴明是我大學的室友。八人一間的寢室，因為種種緣故只住了我和他，而晴明占據了大部分的空間，其中各式各樣的書像癌細胞一樣蔓延的到處都是。奇妙的是，在我一無所覺的狀況下，那些書籍的排列方式還會自行改變。他的書毫無品味和分類可言，但是相對的，對各種奇奇怪怪的事就懂得很多。我是未曾親眼目睹，但是據說他具有某些特殊的「能力」，在同儕之間非常受到歡迎。

畢業後我們大概有四、五年沒見面了吧，我在電話中把阿姨說的轉述一遍，問他知不知道有什麼解決的方法。

「蟲嗎？嗯……要不我來試試看好了。」晴明說。

「真的行嗎？我阿姨只有這個兒子……」雖然對他求助，我對晴明卻沒有十足的信心。雖然聽說過一些他的「事跡」，像是為某人逐出纏身的女鬼啦，替衝煞到魔神仔的學弟們驅邪之類的，不過畢竟未曾親眼見到過。

「我可是學有專精呢。」他笑著說。然後他又要了我阿姨的電話，說要更清楚的知道一些事好做準備。

阿姨對我找個不明來路的人倒是沒有意見，只說聲「一切拜託了。」

結果我反而覺得責任更加沉重起來。幾天後，晴明打電話給我，問我阿姨家的地址。基於責任感，我自告奮勇地說要一起來，晴明也不置可否。

結果這傢伙自己卻遲到了。當我等的不耐煩的時候，樓下傳來門鈴聲。隨著表妹招呼的聲音，晴明悠哉悠哉的背著一個帆布袋出現在樓梯口。他還是沒變，不管什麼時候看到，都是一副爽朗的樣子。

* * * * *

貝縮在黝暗的房間一角，用棉被將自己裹起來。

據阿姨說，從那一次嘔吐之後，貝就將自己閉鎖在房間裡。不管怎樣責罵恐嚇，他就是不肯出來。最後沒辦法，只好把飯菜送到他房間，任他在裡面自生自滅。

門窗都關著，裡面的空氣夾雜著動物的屎、尿、汗水之類的味道，幸好還沒到完全不能忍受的地步。我努力維持表情的平穩，不希望讓貝誤以為我們嫌他房間有臭味。

「臭死啦！」晴明大聲地嚷嚷。我用力地扯了他衣服一下。

貝從喉嚨發出嗚咽聲，更加往裡面縮去。

「躲在那就逃得掉嗎？哼。」

貝從棉被裡狠狠地瞪著我們。那種飽含惡意的眼神，我相信若是他能夠張嘴，必定會撲過來將晴明的喉嚨咬穿。

「那不是病，是蟲。可不是一般的寄生蟲呀，放著不管會完蛋噢。」

晴明自顧自地搬了張椅子坐到旁邊。

「你知道是什麼蟲？」貝隨手抓了紙筆，草草寫了幾個字。

「咒蟲。」

「你真的知道？」他飛快的寫。

「一種從腐爛中生出的五彩小蟲，會靠詛咒憑依在人的身上。最大的特點就是惡臭……」晴明搖搖頭，「這個現在大家都知道啦。」

貝露出失望的表情，看到他的反應，晴明居然笑了起來。

「你也只知道這一點點。老實說，這種東西在世界各地都有噢。在歐洲，這種蟲子名叫nisro，字源是Nisroc。Nisroc原本是天使，墮落之後成為地獄『蒼蠅王（Beerzebub）』的主廚，主管美食與氣味。他在地面上的使者就是帶有地獄般味道的怪蟲nisro。」

（喂喂，現在可不是賣弄知識的時候啊！）我在心裡大喊。該做的不是讓貝理解那是幻覺嗎？講這種東西幹嘛？

果然，貝的臉上，浮起了某種狂熱的神情。

「在澳洲土著的傳說裡，附著在人身上帶有惡臭的蟲，被視為是惡靈Mokoi的化身，巫師以這種怪蟲咒殺自己的仇敵。其他像斯里蘭卡的KAMA、日本的式鬼，有的是蛾，有些像精靈，不過惡臭是共通的特點……」

「等等！」我忍不住打斷晴明。「真的有這種會詛咒人的蟲？」

「有，但不是真正的昆蟲，牠是經過『咒』的儀式而產生的，算是咒的實體化形象吧。咒蟲會從口腔、鼻子進入人體，然後在那生根發出惡臭，直到被詛咒的對象受不了而發瘋或是自殺為止。」

貝的臉整個扭成一團，棉被緊緊捲在身上。遠遠的看來就像一隻巨大的黑色毛蟲。

晴明拍拍他的肩膀，「知道蟲的根源，就沒什麼好怕的。我，就是為了退咒而來。」

＊　＊　＊　＊　＊

「……施我大安樂，賜我大方便，滅我愚癡暗，除卻諸障礙，無名諸罪惡……」在桌上簡單擺上香爐，點起幾炷香，晴明輕快地念起咒語來。

貝緊抿著嘴，用一種不安的眼神看著晴明在房間中來回轉動。晴明念了一段，頓了頓，站定在貝面前，右手掐訣，左手在他頭部上下左右揮動起來。「……出我惡業中，使我淨口惡。我今說是偈，塵氣倏忽滅。清蓮自出口，微妙香密圓。」重複做了幾次後，在那種音調中，奇妙的讓人有種放鬆的感覺。但是貝的嘴唇還是死咬著不放。

一個轉身，晴明念誦的聲音忽然慢下來，變的低沉綿長，一字一句都聽得很清楚：「黃中策旡，斬滅妖宗，制服強魔，斷絕邪蹤……山林杜鬼，形狀悉同，成奉威令，宣告魔凶……」

「喝！」晴明忽然喊了一聲，我嚇了一跳，身體不由自主地震了一下。「青帝護魂，白帝侍魂，赤帝養氣，黑帝通血，黃帝主中，萬神無越！」

他迅速拿起桌上的毛筆。「天筆靈靈、神筆合神、寫神神至、寫鬼滅形、上請有敕、化鬼微神、土宿真煞、速降威靈！急急如九天應元雷聲普化天尊律令敕！」這咒語每個音節的收尾都非常強勁，一頓一頓撞擊我的心臟。

晴明神情極其專注，邊念邊在黃紙上畫出近似長方形，似圖非圖，似字非字的形狀。

被他的動作吸引，我不由自主的緊盯著晴明的手，彷彿其中真的灌注了什麼法力。濃濃的墨汁被紙吸附，沿著筆畫的邊緣細細地擴散出扭曲的毛邊。那張符帶有一種奇異的生命力，我唯一認出的是中間一個歪斜的「虫」，上下左右則是按照某種規則組成的直線和橫線，和我想像中彎彎曲曲的符不同。

全部畫完，晴明在貝面前緩緩將符燒化，攪溶在水中，然後要貝喝下。

貝出奇順從地將水喝完，晴明則疲倦的坐到一旁，閉著眼睛深呼吸。

房間變得安靜極了，空氣裡有紙張燒過的焦味。不知道是不是因為這樣，彷彿味道變得好聞一些。

「你會開始感覺咒蟲的活動力被限制住，慢慢地，那種惡臭會消退到某種程度。」晴明緩緩地說。

貝默默地點點頭。

「不過你也很清楚吧，」晴明看著他，「沒這麼容易完全消失噢。」

貝表情的變化真可以用「戲劇性」來形容，我看了都覺得不忍。

晴明搖搖頭，對他笑了笑。「這幾天吃些潔淨的東西，身體也要保持乾淨。多曬太陽，把自己準備好。下次我來的時候，該把咒蟲徹底趕出你的身體了。」

回程的路上，我不停地回想剛才的儀式。貝真的明顯好起來了，咒啊什麼的真是奇妙，我對自己以往的見識淺短慚愧不已。

「沒想到這世界上還真是有很多不能解釋的事情啊……」我由衷的說。

「騙人的啦。」

「騙人的？」我呆住。「那……那些歐洲、澳洲的什麼什麼怪蟲……」

「編的。」

我不可置信的看著晴明，他居然能夠順暢流利的編出那一大套故事，連我都被他唬住了。

「沒辦法，要取得他的信任，得花點功夫。」

「那些符，還有咒語……」

晴明聳聳肩，一副不想多講的樣子。

（究竟是怎麼回事？）

「那怎麼辦？有把握治好那孩子嗎？」我焦急的說。

「來之前還沒有把握，但是現在有。」晴明很肯定的說，「本來我今天只是試探而已，沒想到『咒語』的效果對他這麼強。貝這麼容易受到詛咒不是沒道理，他本身就具有那樣的體質。」

體質？我聽不懂。「那為什麼不一次治好？」

「詛咒在身體裡面已經生根了，那有一下子就拔得掉的？今天已經出乎意料的順利啦。總之我還要準備一些小道具，這幾天你就耐心等待吧。」

晴明丟下滿臉疑惑的我，自顧自的離開。我傻傻的看著他的背影，不知道該不該將他叫住問個清楚。

＊　＊　＊　＊　＊

再次到阿姨家，已經過了兩個星期。阿姨說，貝比較正常的吃東西，氣色也明顯的好轉了。進到房間，有了上次的經驗，我抱著一種看戲的心情等待晴明裝神弄鬼。

他要貝將上衣脫掉，端坐在床邊。自己則換了一套寬袖的白衣站在桌邊，腳下開始按著節奏踩踏地面。

「伏請太元兵士百萬眾，又請君兵力士七十萬，還魂製魄，分解身中千邪萬鬼，永不干亂……」隨著未曾聽過的咒語，不可思議的奇景出現。晴明的兩隻手掌變化出種種法印，十根手指互相曲折、疊合，或結如蓮花，或突起如山，或如深邃大海，看得我眼花撩亂。

這真的是「表演」得出來的嗎？我不禁懷疑晴明是否想隱瞞什麼，才隨便編個理由騙我。據說有的乩童在降神的時候會不自覺的演示種種複雜的法印，以我所見，其中變換的自然流暢，以及絕不重複這兩點，如果晴明真的沒有一些道術的基礎，我只能說他真是個學習的天才，而且還是個無聊鬼——誰會沒事去練習這種東西？

（貝呢？）

我悄悄偷望了貝一眼，他臉上著迷的程度遠在我之上。為了不干擾晴明「行法」，我遠遠站在門邊。晴明主要手勢都是針對他，由正面看的話想必震撼力更強吧。

「收視返聽，攝念存思，施氣綿綿，百關通全，一切邪神咒詛，悉氣消蕩；六柱三樑，厭蠱消亡；六甲六乙，厭蠱速出；六丙六丁，厭蠱不行；六庚六辛，厭蠱不真；六壬六癸，厭蠱自死，咒詛自解，急急如律令！」

晴明邊念邊將毛筆飽飽的沾了墨，「閉眼！」他大喝一聲，將筆點上貝的身體。貝全身一震，開始急速的喘氣。

（原來這次是直接寫在身上啊……）我伸長了脖子看。

晴明表情極為專注，呼吸的方式也非常特別，按照特定的筆畫吐納著，彎彎曲曲地在貝下巴到鎖骨之間畫了一個怪符。和上次的符比起來，筆畫更為粗簡。如果說這是表演的話，未免也太「專業」了吧？我看的目眩神迷，彷彿可以見到那醜惡的怪蟲正在貝的皮膚底下激烈掙扎，晴明的筆在蟲的四周設下一層又一層的禁制，然後將牠們徹底煉化。

最後晴明在喉嚨的正中央部位重重畫上一撇，長長噓出一口氣。

「可以睜開眼睛了。」

貝的臉顯得非常的茫然，像是思考全被抽掉一樣。

「全部都消失了，那些蟲，還有他們的根全部被拔除了。」晴明緩緩靠近他的身邊，在他耳朵旁小小聲的說。

「全、全部？」

貝居然開口說話？我吃驚的看著他。

「沒錯，臭味已經聞不到了。你現在感覺很舒服吧！什麼味道都消失了。」

有一種異常空洞的感覺。是什麼呢？貝一時領會不過來。

原本緊緊攀附在喉嚨裡的黏液消失了，臭味，隨著咒蟲一起被徹底消滅，取而代之的是一種清涼的感覺。貝吞了吞口水，沒錯，只有淡淡的口腔味道。

「消……消失了。」他吃力地說，原本蒼白的臉漸漸變成紅色，身體的顫抖越來越激烈，終於眼淚大顆大顆的掉下來。

晴明汗濕衣襟，臉上露出若有若無的微笑。

＊　＊　＊　＊　＊

「貝的病到底是怎麼回事？怎麼得的？又怎麼好的？」我極力的忍

耐，離開阿姨家不遠，終於忍不住問出口，

「被詛咒啊。」他一副料準我會問的臉。

「被那張紙條？」

「那只是單純的惡作劇而已，詛咒會發生效果完全是因為貝本身的關係。他原本就覺得自己『一定有問題』，這是基礎。那張說他臭的紙條是『符』，再加上剛好飛進嘴裡的『小蟲』作為觸媒，整個詛咒儀式就完成啦。」

「你是說……他被自己詛咒？」

「算是這樣。說起來這算是青春期特有的一種精神疾病，對自己的外貌、體味、或是鼻子之類的器官忽然徹底厭惡起來。不過……」晴明的表情很奇妙，「將它稱做病或是詛咒，或是著魔，其實只是名字不一樣嘛。」

「……那些咒難道都是隨便念的？」

「也不是。每個人對咒語的接受度不一樣，有些人完全沒效，有些對『囊莫三滿多鑾耶娑婆呵』之類特別有感應，有的就必須一字一句都讓他聽懂才行。我一開始念『觀音咒』貝反應不大，所以就換成『五帝密咒』和一點『太上消魔驅鬼咒』試試，效果還不錯。」晴明笑笑，「也不知是不是幸運，貝對語言高度的敏感讓他容易被『詛咒』，相對地也容易『解咒』。」

「那手勢呢？」我不甘心地說。

「那只是要讓他精神集中在我身上。法印、步伐那些都差不多，只是綜合效果。我畫的符才是重點。」

「符也是亂畫的？」

「啊，不是，那是『入山避虎狼符』，」晴明笑得很開心，「當然我有稍微改良一下。」

我一時聽不清那一串音節是什麼意思，一副困惑的臉。

「古人進入山野荒地時，配在身上讓豺狼虎豹遠離自己用的，就像平安符一樣。」

我的臉扭曲起來，「你用這種東西騙人？」

「因為一般的符太複雜了呀，貝看不懂。避虎狼符是魏晉時候用的，還沒演化出後來那些花巧的方式，線條有古意又近似圖形，對這個年紀的少年最適合。再說我要加些東西進去也比較方便，譬如被困住的小蟲……」

（原來是圖形暗示啊……）

說穿了真是一文不值。我沈默了半晌，如果那些符是圖畫，長方形裡面畫的大概就是小蟲被石頭鎮壓，又覆蓋了一層交叉禁制的樣子。實在很拙劣，那種像小孩子塗鴉似地東西竟然把我唬的一愣一愣的。如果不是他當時念的那種鬼咒語，加上那些奇怪的步伐和手勢……

「那幹嘛要他喝下去？」

「我如果畫完就放在一邊，效果不是很差嗎？」他說的倒理直氣壯。

晴明看起來心情很好的樣子，反而是我，雖然貝的病順利治好了，但總擺脫不掉「被耍了」的感覺。

「你的把戲就這樣？」我總覺得晴明那種表情還藏著什麼。

他一副挑戰的眼神看著我。

我低著頭，仔細回想儀式中的每一個細節。忽然靈光一閃，「那墨水！我有聞到奇妙的味道！」

「沒錯！」晴明笑著說，「我做了一點手腳，在裡面加入一點薄荷。」

我恍然大悟，這種墨水若是寫在皮膚很薄的地方，清涼的感覺會很快地滲透進去。誰想得到有人在墨水裡加薄荷？貝無疑的會將那種感覺看做符法的效力，既有心理上的解咒，又直接感受到生理性的舒適，這樣當然能治好「詛咒」。

「什麼嘛，害我還真以為有什麼法術，搞了半天只是一些心理效果嘛。」

「這樣說也不對，」晴明搖搖頭，「把念咒當成催眠，把畫符說是暗示，這樣還是不能解釋什麼啊，只能從結果論去說兩個是一樣的。但實際上作用在人身上的是什麼力量呢？」

他這樣一問我愣住了，不知道該怎麼回答。

「我雖然擅自改過了其中的某些部分，不過那些音調和手勢都不是我自己發明的。以前的人不懂，就說這是法術，現在人改個名字，叫做催眠，其實什麼也沒解釋啊……」

晴明抬頭看著兩旁的圍牆，「每治好一個人，我反而更加困惑一點呢……」

走在社區的小巷間，陽光大把大把的灑下，一時之間，我們誰都沒有說話。

島

作者/戴玉珍

「嗥……」
黑狗兒在波光躍動中猛然驚醒，
對著沙上殘亂的白骨哭號。
「這麼說廟裡的沙彌是……而我又是……」

島

黑狗兒在崎嶇的山徑上奔走，山石高低錯落，灌木橫枝岔椏也攔不住牠。那氣味乘風越過對面山頭，一陣強過一陣的向牠召喚。

牠來到一處山澗，溪水因為天旱歛到了底，一股熱流在乾澗裡醞釀，混合著那氣味從下游滾滾而上，牠深吸一口，像蒸籠上昇華的美味。

溪有了大落差，涓涓細流化作銀白閃電快速下墜，落在一泓碧綠潭裡，轟咚轟咚的聲音似雷鳴虎吼。黑狗兒嚇得往後跳開丈許遠，回頭再聽，那吼聲依然，牠四下看看，許久才放心下來。爬上邊坡，有一股熱流竄上坡頂，在突出的大石上熊熊加溫，那氣味似摻了熱油在鍋裡翻炒過，牠低頭在石上嗅了嗅，一陣冷風從遠處沿著樹梢吹來，風裡夾著生腥帶腐的味道，牠仰起頭，雙耳在風裡豎得尖尖的。

那風裡呀呀嗯嗯的似有人聲，牠循著人聲來處，循著氣味源頭加速追去。

溪口灘地的林投叢裡，曲曲折折的沙徑間，有一小群人，穿著黑衣黑褲的，在沙徑裡穿梭，並且高聲說話，聲音裡好不著急。黑狗悄悄的鑽進樹叢裡，探頭探腦的在林投腳下偷覷。直到那群人離去，黑狗兒仍在林投叢裡盤桓，因為那濃烈的氣味就在附近蒸騰發酵。

*　*　*　*　*

看見了，近沙灘的林下散著一堆白骨，有些隱隱埋入沙裡，有些還半裹在褪了色的瀕臨破敗的衣服裡。黑狗的心猛然抽緊，忍不住低聲嗚咽。

遠處那群人又高聲起來。

「算了，回去了。」有人說。

那群黑衣人沿著沙徑走出溪口，溪注入大河，他們又溯河上行走到一處渡口，黑狗兒心裡著急，揚聲高吠，可是沒有人理會牠。渡口泊著一艘船，人陸續上了船，黑狗追上去，可是解纜的人一聲叱喝又將牠趕了回來。黑狗不甘示弱，豎著耳朵咧開大嘴作勢欲撲，那黑衣人從腰間抽出一根棍，迎頭打來，狗兒閃身，那根棍卻照準牠閃躲的方向擊來，疼痛夾著滿天金星亂轉，氣惱間肚子又被大腳狠踢了一下，踢得牠翻好幾滾，跌落在碼頭外。

「野狗，窮凶惡極。」

咒罵聲夾著馬達聲，不待牠回過神來船就開走了。

＊　＊　＊　＊　＊

這小島位於河中央，渡口是唯一的出路，迎著風，可以嗅到對岸飄來腥腐葷香的氣息，勾引得牠腸腹騷動。可這碼頭終日寂寞，除了漁人暫泊農人過河採收外，少有遊人前來。

黑狗的心像塊廢鐵，跟著渡船的磁力越來越遠，牠忍不住放聲嚎哭，半晌才停下來。然後又茫茫然的尋不著悲傷的理由，再一轉身，連那股憂傷也莫名的忘了。那追尋了兩日的氣味也因此而淡弱，只留下廣大的空虛，牠只好悻悻的一路嗅回山坳的小寺去。

山坳裡那座寺廟不大，樸實得幾乎像一間村舍，只兩扇寬敞的板門，和門柱下兩座石獅略有寺的模樣。門前一片方場，左右兩行桂樹，正前方是深谷，一泓清溪潺湲，對岸好幾重山崙，上面修篁翠柏參差反覆。黑狗兒在此住了有半月，牠無意間闖入這清靜地，不過是為幾口吃食罷了。山僧的施捨素淡無味，和牠本來嗜葷貪饞的習性格格不入，只因牠離開老窩後一路尋來只此一處有人煙。這幾日牠吃飽了齋飯就四下裡闖蕩，繞了幾乎半個島了，也尋不到他處棲身。

木梆子敲打的聲音，在初降的山嵐裡迴蕩，是僧人用餐的時分。敲梆子的沙彌年紀很輕，額上也沒有戒疤，膚色晒得黝亮黝亮的，進進出出做活跑腿，身手俐落得很。黑狗兒初次遇見牠，就在往溪谷的石階上，沙彌挑著水桶在山腰上澆菜，圃裡的黃花白蝶在他袈裟邊縈繞，黑狗上前嗅了一嗅，是花粉，蝶兒引得牠蹦蹦跳跳舞了起來。沙彌走了，他往寺後方走去，黑狗跟了上來。

「餓了？來吧。」

沙彌在膳房門外放了一只舊缽，米飯粗食，餓極了也還覺可口，黑狗呼嚕唰啦將食物囫圇下肚。

「嘿，你吃得好快。」

沙彌笑著取走了陶缽。

連著十幾日素齋，狗兒嘴淡腸薄，只是餓了還是來討，有時吃飽了，沙彌樹下靜坐，狗兒便蜷伏在柱子下的石獅腳旁，看著沙彌。這沙彌看著覺得眼熟，只是思想不出個端倪來，但那平和、單純、善良的眉目，在狗兒的直覺裡是清明正直可信賴的。

沙彌靜坐樹下，兩彎眉下雙眼清亮，輪廓分明的唇緩緩紓展開來，原本略黑的面色，在午後折射的日光下閃亮，比那龕上的神像還要愉悅溫厚。狗兒忍不住起身向他，在他的膝前仰起頭來。沙彌伸手撫弄他的頭耳，狗兒輕閉雙眼，不覺心頭一陣酸楚，似這樣的溫柔已經是久遠久遠以前的短暫記憶。剛出娘胎吧，和兄姐們擠在母親懷裡索乳，母親溫暖濕柔的舌舔拭牠尚未開啟的眼和粉嫩毛稀的腹。然而不多久，這方寸裡的溫馨祥和隨著成長與生活，被利牙狠爪逼得落入丹田內一個不起眼的角落去。

沙彌靜坐，狗兒又回到石獅懷下午寐。

* * * * *

山風在耳邊繞，回音吼吼。軋軋吱吱的竹林裡萬竿交錯擊節。叭卡叭卡，打狗棍擊打地面。狗隨節奏跳著，像拳擊手挪動腳步躲閃襲擊。跑是自保的最上策。但是黑狗性烈，牠跑了幾回心有未甘，跳了起來咬住棍撲向人，利牙嵌入人的手臂。汪唬汪唬，牠的兄姐在一旁助陣。幾個人趕了過來，粗棍、石頭、磚塊，黑狗覺得頭上一記、背上一記、後腿上更捱了一磚頭，牠痛得一跛一瘸的叫囂，尋了個隙溜進樹叢裡逃了。

叭卡叭卡，黑衣男人從腰間抽出一根棍，迎頭擊來。牠撲上去，利牙撕咬，唬唬哼哼，牙關在用勁，尖爪子又踢又舞，頸上血脈賁張，黑衣人手斷了，血如山泉一般滴滴瀝瀝的流，牠咬了又咬，牠怒目圓睜，閃光自眼裡迸出。四下卻都是黑的，樹林黑、山頭黑、天色也黑。唰啦啦啦，什麼東西從山後飛撲過來。嚇啦啦啦，什麼東西一路掃過樹梢。轟隆隆，五雷罩頂追擊而來。喳呼呼，一片白光似山洪潑刺。黑狗驚跳起來，頭上又捱了一記重擊，牠縮頭一看，不是棍棒，是牠撞上石獅的下頦了。牠驚魂立定，看四下猶然蒼翠，沙彌還在靜坐，山風依舊輕撫。

＊　＊　＊　＊　＊

黑狗兒回想起老家，那是在島的另一面，一大戶二十餘口人家，住在靠岸邊的台地上。與世隔離的生活，卻沒有減低他們互相爭鬥彼此排擠的心，他們在耕地上畫了地界，種棘籬圍鐵網，狗兒的口數不少，光是黑狗兒所屬的這一房，就有牠的母親和兄姐一共七口犬。倒不是愛狗，保護家園才是真正的目的，因此狗兒越兇主人越喜。母狗發情的時候，隔鄰另一房的公狗，冒險越界在牠身邊跟了一整日，等好事完結了，越界的公狗就被追打得夾著尾巴竄逃，就連那隻母狗也跟在主人後頭一路汪唬著叫囂。

等母狗生下了一窩六隻仔犬，那更是了得，個個有乃母之風兼有生父的本領。一面在自己的地盤上稱霸爭雄，一面又溜進他人的所在偷搶。所以狗群們雖然血統交織因緣交錯，可是因著地界又形如寇讎。日子久了，這般仇外的心像一株火苗久駐心理不去，就是自家人相處，不意的小摩擦也會引爆成大火。

那一日，就是狗群叫嚣吵嚷惹出的禍。

只是為了一塊肉。長久以來，屋裡人端出來的都是一鍋子雜七雜八的剩菜飯，隨隨便便的分在七隻破碗裡，與兄姐之間也無可爭的。可那一回屋裡人端出了飯，進屋去，又轉身出來扔下了一塊肉，雖然濃濃的一股餿味，六七隻狗依然眼露凶光的爭奪起來，叨在嘴邊還未吮得那滋味，便被硬奪了去，那奪了肉的跑不過兩步遠，又被群擁而上的狗們圍堵，六七隻狗頭湊鬥一處，也有錯咬了半塊狗耳朵的。黑狗兒一口也沒沾到，耳上淌著鮮血，心裡頭恨火熊熊，屋裡人拿著棍子追了出來，對準黑狗兒就打，牠氣紅了眼，咬傷了人，又引來一頓痛擊，只得逃了出來，翻過半個島來到這裡。

*　*　*　*　*

一兩日，牠還是到渡口來看一回。河川裡碧波滾滾，牠雖然曾見母親泅泳，但也僅止於水邊而已。也曾見過鼓漲肚子繃緊四肢的狗屍，隨著水浪翻翻滾滾直奔下游而去。對牠來說，下游像是生命的終結點，隨波下流的犬屍，和那溪流出口的骸骨，最後都要在那裡終結了吧。

牠仰起頭嗅著聽著，風裡夾帶著對岸來的聲息，有淡淡的燃燒乾草的氣味，混合著酸腥的汗氣，還有模模糊糊的人聲。

噗噗噗的馬達聲忽的大了起來，伴著水浪聲。牠睜開眼，驀的一艘船從對面駛來，牠在碼頭上雀躍，白色的船舷、艙架和護欄，就像散放在溪口的白骨，被重組修復後回航來了。汪唬汪唬，牠高聲喚，汪唬汪唬，船兒越走越近。船艙裡竄出一個人來，肩上背著一個大包裹，不等船靠近就縱身一躍上了碼頭，船卻停也不停的掉頭駛離。黑狗兒急了，用力跳上船去。雖說使足了力，也不過就是前爪攀在船舷上，後腿只能使勁的在船外抓蹬掙扎，艙裡冒出一個人來，揮著拳，腳踩在牠的前爪上，黑狗兒痛得一縮，跌下船去，噗嚾一聲，落在水裡。牠沉了下去又浮起來，不住的舞動爪子，身子才慢慢靠了岸。

船上的人放聲狂笑，而剛才上岸的人早已離開碼頭，在山道上東張西望邊探邊行。

「喂，黑狗，你家佇叨位？」

那人咧著嘴，字咬得含糊，嘴角邊淌著些許紅汁，像黑狗打過架後傷口留下的血疤。他一面用力嚼食，一面將背包放在地上，濃厚的眉下，兩隻細扁的小眼四下裡瞅著，接著又將目光停在黑狗身上。

「嘿，嘿……」

他笑了起來，咧開的嘴角滴漏了些紅汁。黑狗兒心裡一寒，驚慌的扭頭奔上山徑。

牠跑過幾處彎道，停了下來，透過較稀疏的枝葉窺見那男人，依然向牠而來，而且越走越近。黑狗兒拔腿狂奔，七拐十八灣的繞了幾個山頭，這是牠當初遊遊走走尋尋覓覓，無意間發現了渡口，又聞聞嗅嗅沿路作記，走在寺廟和渡口間的路。

牠回到山寺，那外地來的人早已出現在山寺前的石階下。黑狗兒鑽入灌木叢，躲躲閃閃的溜進寺廟後院去。

山僧們午後不再進食，黑狗兒忍著飢腸，疲累的走過側廊，不意廊下的膳房門外還放著那個陶缽，缽裡盛著冷齋，是那好心的沙彌為牠留的。

牠吃得心恬意足，腸肚裡裝滿了幸福。

* * * * *

嗡咚嗡咚，正殿上的鼓聲響了。和尚們開始誦經，哪……摩……嗡……的旋律黑狗兒聽了十幾日，熟稔得像牠夢裡的搖籃曲。偶時落葉刮起山風，迅雷催著驟雨，那梵唱尤其溫暖的熨貼在牠心上。牠忍不住走向大殿，寺僧們黃的赭的袈裟、明燭、華燈和龕上的菩薩全都籠罩在金光裡。黑狗兒走進去又縮了回來，猶豫幾番終於蜷伏在大殿的門邊，將頭耳緊貼地面，於是那梵音從耳裡，從毛皮傳入牠的體內，隨著木魚的節奏在運轉。

黑狗兒舒服的閉上眼，一片白光像山嵐湧了過來，牠的身子越來越輕，牠看見白光的盡頭，一堵無盡的高牆，牆上一圈圈密密繞行的鋸齒鐵網。牠駕著輕霧越過牆頭。

牆裡三五一堆的人穿著清一色的衣褲，和山僧一樣剃光了髮，不同的是這些人頭上沒有戒疤，而且各個看來冷酷凶悍，人群間有一種緊張，稍一碰觸便會燃成暴火。就以靠近高牆下的兩個人來說，那其中一人長得白淨卻面目凶惡，說話時猙獰著眼，嘴唇用力扭曲，就連鼻孔都隨牠的怒息不規則的張合。黑狗兒發現，這人其實生得和寺裡的沙彌有些相像，而且嘴角上也有一顆痣，只是這人的痣正隨著怒氣的嘴在扭動。沙彌是清平和善的，老和尚稱他「無礙」。而眼前這個惡人，同伴們叫他「阿賴」，背後又叫他「無賴」。

這小無賴一面和同伴說得面目邪獰，一面瞪起火眼燒向不遠之處的另一夥人，那一夥人有個領袖，他身量矮小但黝黑粗壯，一面神情凝重的和同夥說話，一面斜眼睨著，瞳裡射出的寒光直逼阿賴。

「小黑，跟他決鬥，我們支持你。」

「鬥完了我會被修理得更慘。」他努一努嘴，向站在遠處的獄卒。

「出去鬥，跟他挑戰。我去跟他講。」

一個嘍囉跑開了去。

白光裡升起烏雲，雨水排山倒海的來，深黑的夜空裡擊起電光石火，牆下十多人疊羅漢般架成人梯，漆黑中兩團人影藉著人梯摸上了牆，騰身翻越，跳入山洪鼓起的激流中，十多人在雨裡跌跌滾滾的四散開去。警笛嗚啦嗚啦與雷鳴呼應，狼犬的吠聲、獄卒的哨音和大雨交纏，在奔命的勇氣與嗜戰的狂流之後，變得模糊。

兩人都是泅水高手，急湍中有灣流、有漩渦、有浮木，激流加速，再加速。水緩處，兩個黑影上了岸，漫天烏雲裡射下千發萬發銀光雨箭，兩人開始扭打，泥濘束縛他們的雙腿，恨火卻越燒越旺。小黑抓起一根枝椏橫刺的樹枝用力揮來，阿賴低頭閃過。再揮，阿賴慢了半拍，頸上捱了重重的一棍，跌在泥淖裡。小黑高舉大棍，使盡渾身力氣要給對方致命的一擊。霎時烏雲裡一道寒光爆裂，帶著萬鈞雷霆電光叱吒，直指洪濤邊決鬥的人影，高舉木棍的人像一枝折斷的黑箭，僵硬的落入滾滾洪流。而阿賴則在電光銀箭中陷入黑暗的昏迷。

黑狗兒覺得渾身濕冷，彷彿在激流中泅泳，牠打了個寒顫，冷得醒過來。正殿上依然金黃燦爛，鼓又嗡咚嗡咚的響，木魚聲急如驟雨，又忽而緩得像春風扶葉，黑狗兒伸了伸腿，回到前殿外石獅的懷下，青石地面多了一層柔軟的舊衣。一定是無礙，那小沙彌好心鋪的，黑狗兒溫柔的躺在上面。

* * * * *

天微亮，黑狗兒在山僧的晨課中醒來。四下裡空氣澄淨山色翠微，牠在前庭裡伸展跑跳，不經意的瞥見對山竹林裡隱隱的有人影，是昨日那個人，黑狗兒本能的吠叫起來，但兩岸都無人裡牠。早課結束了，沙彌無礙跟著長老出來，在桂樹前散步。

「師父，我……」無礙轉身向長老。

「你仍然覺得疑惑？」

「嗯，是不踏實。」

「未經修練就忘卻前塵也是福分。在雨中昏迷，沒有失去性命，再不知放下可就辜負因緣了。」

「啊，是的，是的。」

長老轉身回寺裡去。沙彌無礙在桂樹前坐了下來。

風裡有一股異味，是人類身上的汗酸，混合著昨日下船那人口裡咀嚼的紅色汁液。黑狗兒豎起耳朵，直視坡下的樹叢，「哼嚕……」牠警覺起來。

＊　＊　＊　＊　＊

無礙怡然的瀏覽滿山翠碧，眼光似滴露在閃，耳旁縈繞著各色鳥啼。黑狗兒的吠聲驚醒他，灌木叢裡鑽出一個人來，那人身材高瘦，面容清瞿中帶著邪惡，就是昨日渡口上岸的人。他瞪著無礙，目光裡像藏著幾十根銳利探針。

「施主。」

「嗯。」那人點一點頭，四下裡環顧。「來燒香。」

那人走進寺廟裡去，出來時，又是緊盯著無礙瞧，半晌才匆匆走開。

黑狗兒低吼著看他離去，又即刻轉向遠處的山谷吠叫起來，那是一陣嘈雜從遠處慢慢靠近。

「怎麼了?來坐下吧。」無礙說。

黑狗兒依舊焦慮的走動。不一下子，雜沓的人馬聲還是穿過重山直抵廟前廣場。是一群穿黑衣的人，像是在溪流出口看見過的一群。長老出來，迎著黑衣人，為首的兩名與長老低聲了許久。

「寺裡現有六名師父。」長老說。

「這位是?」黑衣人轉向無礙，仔細的打量。

「這是我的徒弟無礙。」長老說。

無礙對黑衣人合十致意，一群人快速的離開。臨走，有幾人還回頭深深看著他。

黑狗兒追上前去唬吼一番，走在最後的一人回頭噓趕，黑狗兒縮回兩步，卻猛然想起渡口上來去的船，還有溪口林投叢下的一堆白骨。牠竄過樹叢，穿過蜿蜒屈曲的小徑，直奔林投叢下的沙地裡。白骨被更多的沙覆蓋，深色衣服在牠爪子輕刨之下靡裂開來，牠焦慮的在沙上踱步，陽光炙暖了的沙地有些燙腳，牠在林投影裡蹲伏下來，張口弛舌的望向河心，風從水面流洩過來，波上金光燦爛，黑狗兒又瞬間化得似禪定的和尚。

＊　＊　＊　＊　＊

瀲灩金光中，黑狗兒看見個飄忽身影，從沙岸擱淺的屍首裡起來，體型矮小粗壯，焦黑的手臉彷彿還僵在獰厲殺人的瞬間，是小黑。他在山道上迂行，高低穿梭的小徑上有牽牽絆絆的藤蔓，他一腳踩空，又絆住了藤，「哎喲」的大叫一聲，黑狗兒覺得那聲音分明是從自己的喉嚨出來。他隨著那粗矮的身影前行，山林濃鬱幽霧迷離，前面有一小群野狗正落寞隨漫的走，有五隻。

「狗兒，狗兒，哪裡有人家？」他問。

狗兒兀自低頭前行，小黑跟在後面。

穿出深林，又陷入修直錯落的萬竿叢裡，軋軋沙沙的交響樂裡又有另一種嘈雜，狗兒們飛快跑了起來。

「好了好了，有人家了。」小黑也跑了起來。

竹叢下，落葉鋪蓋似毯，就要有人煙了。卻一轉眼不見了五隻狗兒，小黑四下環顧。

「嘿，嘿……」

原來竹叢裡，那宓靜的一角，一隻大黑狗正唬唬嘿嘿的騎在一隻栗色母狗身上。那般無人干擾的僻地裡，狗兒也放下平素野狠狼吞的惡性，悠悠恬恬的奏著另一種愛的旋律。小黑避在一邊看得出神，風一來神一失，他連重心也丟了，整個人好似落葉遇了旋風，被捲入一個漆黑溼熱的混沌裡。

當他再睜開眼，身邊早有五個柔軟溫濕的初生狗仔子，和牠一起推推擠擠的爭相吮著母狗的奶頭。

＊　＊　＊　＊　＊

「嗥……」

黑狗兒在波光躍動中猛然驚醒，對著沙上殘亂的白骨哭號。

「這麼說廟裡的沙彌是……而我又是……」

牠咬了咬牙，喉嚨裡發出悶吼，直奔山腰的寺廟而去。

無礙還是那樣平和，坐在樹影裡冥思，林木向他招翠，大自然的動靜格外清澈。黑狗兒站在不遠處的陰影裡，像一隻獵豹冷酷而嚴厲的估量牠的獵物。

「好狗兒，你回來了。」無礙伸手向牠。

黑狗兒猶疑，在仇恨和友誼之間遲豫。

「你是不是餓了？」他說著起身往寺後走去。

黑狗兒楞在那裡，看著他的背影消失在膳房門口。

＊　＊　＊　＊　＊

膳房裡傳出異樣的人聲，雖然低沉卻充滿了敵意與挑釁。

「施主定是弄錯了，我不是阿賴，也不曾見過你那叫小黑的兄弟。」

「假仙，你以為這樣就避得過，跟你講，我甲你有仇，你賴不掉。」

「是嗎？可是我和你無仇。」

那名漢子，就是昨日上岸在寺前寺後窺探了一整日的。他瞪起火熱的雙眼，揮拳撥去無礙手裡的缽，齋飯灑了一地，無礙皺起了眉。

「看，飯都灑了啦。」

正要彎腰去拾，卻被那人捉住了腕，又順勢掄起他的衣袖，灰冷色的僧衣下，肌肉飽滿的手臂上，竟是細細密密青紋交織的刺圖騰。

「飛鷹幫，這下你賴不掉了吧。」

劈叱一聲，那漢子亮出一把尖刀抵在無礙頸上。

「跟我走。」

「去哪裡？」

「見我們老大，沒找到小黑，你就拿命來抵。」

「施主請放下刀，沙彌跟你走就是。」

沙彌乾乾脆脆的在前頭走著，後面的兇漢刀尖依然緊迫的催逼。

遠望渡口，一艘小艇早已停在那裡，人還沒到，小艇上已發動了馬達。他停了下來。

「施主，沙彌心中只知山林和佛法，實在不明白俗世紅塵裡的事。」

「走，不然我殺了你。」

無礙遲疑的向前，那河水既污濁又腥臭，他停下來。不管那未知的或遺忘了的是什麼，都絕不是他想要的。身邊這個人卻魯莽的一刻也不鬆懈的押著他，推著他上船。他勉強跨前一步上了船。河面的風正鼓湧而來，吹皺了萬頃金光在八方四面閃熠。他正迷離著眼為這奇景所眩，身後那兇漢卻「啊……」的一聲撲落水中。無礙見狀趕緊躍回岸上，一面奔向山道，一面忍不住回顧，卻見濁浪裡還有一個身影，是黑狗兒。

黑狗兒游上了岸，抖落一身的水，又回頭虎視著水裡泅上來的人，咧著尖牙作勢。

山道上雜雜沓沓的有人馬聲下來，是那一群黑衣人，吆喝聲夾著哨聲，迅疾衝散了人狗的對峙。那濕漉漉的兇漢見大事不妙，一躍上了小艇，船兒一扭頭，在水面切出一弧水花，直奔下游去了。

* * * * *

黑狗兒回到山寺，膳房門外已放了一缽齋飯，牠吃飽了依然到前院的石獅下小憩，無礙在桂花樹下靜坐。午後的斜陽已經照得滿山黃綠閃爍，黑狗兒瞇眼，在那金黃翠綠的閃耀裡，牠看見了來世，慈祥溫婉的母親懷抱裡，依偎著他和他的兄弟，他那天真憨態的兄弟，笑吟吟的嘴角上點綴了一顆痣的，正伸出雙手擁抱他。

天地的叮嚀

作者／林彬懋

尖刀劃開我的胸腹……
枯槁的手挖出我的內臟……
心被摔在石上……
血正漬透古老的土地……雄鷹片片飛來……
啄食我的軀體……柔腸被帶到空中……
甩起一串串血滴……

——〈天葬〉，阿曲強巴

天地的叮嚀

妳莫要焦慮，我這不是聽從了妳的叮囑嗎？妳瞧！我從石屋出來以後，沒有耽擱一刻功夫，立即下了祖普寺的後山。我不應該否認，我在山麓邊經過祖普寺時，曾經猶疑了一下，但我隨即因為瞥見了那條裹著妳屍身的白布層層捆綁在搖搖晃晃的板車上而心中一凜，所以立刻回轉過頭將板車用力地拉往腰間。從這個時候開始，我就不再有任何想回頭的心念。

我踏上來路的心情是極其悲壯的，我知道我拉著這麼一輛承載著白布裹成的屍身的板車，步行在風化的山崖所聚攏出來的黃泥土路上，不應該老是被心中的哀愁所纏繞，畢竟我的行為所歌頌的不只是死亡表別狀態的存在，更是生命赤裸裸的呈現；但是這麼一個披露了生死祕密的意識竟然沒有一絲寧靜的芬芳，就如同萬里長天從此刻起就老是濃雲密佈，直壓得空曠的草原沉澱澱地沒有一點開朗的跡象。

大地真是凋蔽了，不只黃土高原上盡是堅硬的石堆，遠方連綿無際的山頂更是一片光禿。周圍沉寂得連大自然的聲音也一起泯滅。妳瞧！我早跟妳說過，在這麼一個乾旱、荒涼的青康藏高原，一切的瘡傷都癒合得很快，連逐漸消泯的傷疤也在初秋的清冷下過早地沒有了痕跡——天地在這裏真的只能赤裸裸的呈現，沒有修飾與渲染，不造作不深切，只是平實地叮嚀。

真是如此的，我這一路跋涉過來，不知不覺地就是三天三夜；我不只翻越了三座大山，更在沒有公路、沒有村莊、除了山還是山的黃泥土路上，想像當年的湖底世界——左側山巔深重的轍跡明確地記錄著漫長歲月中湖水的滲失，右側陡石嚙咬的雕縷卻無誤地凸顯著幾十萬年前湖底的礁岩——三天來，我在這片與亙古長存的荒山野嶺裏竟然看不到一個人影。

＊　＊　＊　＊　＊

妳瞧！我就如此地在時沒時出的小路上頂著強風緩緩前行，在沒有人走過的山路裏沉寂地急速奔走。大地除了板車輪軸的轉動聲與我腳步的沙沙聲外沒有別的聲音。不過，沉寂的天籟卻像是體恤我的孤寥，不時發出一股低悶的嗡音，好似從無始劫的時空一路傳來，而且天空越是沉悶，那股聲音越是清晰，有幾次更是形成轟然巨響，震得我的耳膜嗡嗡作響。

天就快要亮了罷。黃泥土路的盡頭散發出召喚的氣息，在天地交接的稜線上展現繁星點點；星辰壓得很低，好像伸手可及，又好像只是指引著這條只知道延伸的泥巴路掀開天地的奧祕。這多麼不可思議，沉壓了三天的天空在半夜時分忽然開了，一輪清冷的明月排拒了濃霧的包夾，使得泥土路兩旁的黃土高原不得不被凸顯出來，讓夾著道路的天地存在著一個裂縫的意義。我的心情好似也跟著就莫名其妙地開朗起來，於是在空曠群山泛散的青白月光裏，我的腳步不知不覺地就放緩了下來。

忽然之間，我在悄然無聲的山影搖動裏感覺身後的板車晃搖了一下。我有些心悸起來。是呀！我不得不承認，我還是沒有聽妳的話，固執地將妳的屍身在石屋裏擺上三天；嘿，我還做了個土坏，讓妳所壓製的牛糞餅在妳的屍體周遭遍圍著；我更奢侈地讓藏香足足地燒了三天三夜，沒有片刻斷香的間隙。

但是我並沒有忘記妳不要喧嘩張揚的叮嚀。三天裏，沒有人來弔唁，更沒有葬儀樂團，因為我並沒有發出訃文——我深知這些世俗的繁文縟節都不需要；三天裏，石屋內沒有搖鼓作聲，沒有吹號作響，只有荒山呼應著我嘴邊的咒音，嗡嗡然聚成宇宙的召喚。

*　　*　　*　　*　　*

我在三天之中時時受到咒音的催眠，與四周與自己都脫離了關係，好似飛越到了一個不明的世界，飄浮在白亮的靜海上面；三天後，我卻有了不知所措的難堪，因為我想起妳臨終的叮囑：「你就依了我罷。這是我在這一生所能做的最後一件善事了，你就讓我的身體回賜於大地的生靈罷。」

我當然不能同意：「不！不！我將親自釘個棺木，在羊圈旁挖個坑將妳給埋了。」

「土葬？你別傻了。石土堅硬，你去哪兒找鏟子來挖掘呢？」

「那……我在石屋旁架個柴堆將妳給火化了。」

「那還是不成。荒山上除了石堆以外什麼也沒有，你到哪兒去找成捆的木柴呢？」

「但是……無論如何，我也無法親眼目睹妳被天葬師解剖……」

「瞧你！虧你以前還是個僧人，怎麼反而執著這個已經壞了的身軀呢？」

「道理我懂，但是再怎麼說，妳還是我唯一的親人。我又怎麼忍心將妳支解呢？」

「這不是支解，是擴散，是迴向……」

「是呀！但是我無法……」

「你聽著！我時日不多，你就不要再固執了。你只要記得佛陀捨身飼虎的故事就行了。」妳生氣起來的時候自有一番威嚴，我不得不噤聲聆聽。「我雖然是個羌人，但從小生長在瀾滄江一帶康巴人聚集的昌都附近。」妳的魂識好似過早地飄出了苟延殘喘的軀殼。「我小時候就聽族人說過，距離昌都百多公里的羌達尼姑寺的天葬台一帶蒼松蔽日，風景優美，是理想的歸宿地；族人都翻山越嶺十五、六天輾轉將親人的屍體送去。」

妳緩了緩細若遊絲的氣息。「我從小就嚮往這麼一個地方，但羌達寺我從沒去過，所以確切的天葬台地點我也不知道。」

我真不忍心拒絕妳呀。「妳不要擔心，我到昌都找妳的族人詢問去。」

「你別瞎忙啦！羌人已經找不到了……」

「找不到了？」

「嗯！物競天擇、適者生存的結果罷。再說，昌都太遠了，等你找到了，我的屍體都已經腐爛得連禿鷹都不願吃了。」妳陷入沉思，雙眉深深地緊鎖在一起。「你就將我送往色拉寺東邊的天葬台餵了禿鷹罷。」

我哀傷地說：「不！再起碼，我也會想法子讓妳葬在普隆卡……」

妳若有所思，艱澀地說：「普隆卡？拉薩北郊的普隆卡？」

「是呀！普隆卡高貴些……」

妳吐出一口長氣，好似對世間最後的交待。「算了罷！高貴的地點要有高貴的排場來襯托，不只天葬的儀式要擇定吉日，更要請喇嘛念經超度個四十九天……我可不願你為了我的低賤身軀去磕頭哀求……就色拉寺罷！反正最後一樣都餵了禿鷹。」

我沒搭腔，只看著妳噓氣，心裏一邊念著六字大明咒，一邊低咕著如何去祖普寺借一輛板車來，否則從這兒到色拉寺得走好幾天，扛上一個屍身，那豈不把我給累垮了？

＊　＊　＊　＊　＊

色拉寺的天葬台在東山腳下罷。還沒到山腳下的小河時，我就看見禿鷹在烏黑的蒼天邊際盤旋著，在山坡的層岩壘石上跳躍著——那羽翼撲簌的力道震動了重山疊翠的靜謐，羽影亂舞的霸氣好似向著世人宣示牠們才是山林的主人，然而群落有致的牛羊卻無視禿鷹羽翼的壓迫，只低伏在小河邊啜飲著山林流動的氣息。

妳的身軀在渡過湍急的江河時突然加重了。妳是想跟我傾訴什麼罷？是呀，祖普寺後山的歲月是漫長的，妳的笑靨也是凝滯的。不過，好像什麼也沒發生過，滿山石礫仍是滿山石礫，但是妳臨斷氣前的揶揄卻永遠鐫刻在心底：「我是不是沒騙你，還俗比較好罷？」

妳的身軀在轉進茂密的叢林時突然伸展了。妳是想跟我索求什麼罷？我不是吝於給予，但是出家人是不能有世俗的愛戀的，我不能在懺悔的禱詞裏一錯再錯。我雖然不清楚妳與我從多生多劫以前所帶過來的業緣牽扯，但是我卻知道我們的緣份深厚，所以才會在這一生中像妳身上層層裹捲的白布一般糾纏不清；妳也不必用這個伸展屍身的方法來嚇唬我，妳的頑皮我是領教過的，這個連妳死了都不忘讓我回味，可嘆的是，我的心如同我伸在外面的手一樣早就凍僵了。

妳的身軀在翻過陡峭的山嶺時突然扭動了。妳是想跟我抗議什麼罷？但是這不是我的錯，妳應該知道我才一翻過山嶺，荒丘上的狂風就突然吹起來，像千百個垂死掙扎的惡魔於一瞬間暴起的怒嚎，吹得漫天狂飛的樹葉子，打在臉上一陣辣痛，好像打定了主意想將裹在妳身上的白布撕裂似地。

妳的身軀在下了深峻的山谷時突然又蜷縮了。妳是想跟我表明什麼罷？但是妳犯不著跟這麼一個凹凸不平的荒原嘔氣。這可是世上最古老的西藏高原呵。它每一寸土地的隆起都埋葬著地球四千萬年前氣溫驟降之謎；它的蠻橫更是因為它早已慷慨地推擠著大量岩漿流入孟加拉灣，因而改變了地表氣候，改變了印度洋季風與海水成分，卻將滿山石礫留給了自己，只剩下廣袤的荒原一直通往天邊盡頭，一副寂寞簡樸的犧牲奉獻模樣。

* * * * *

色拉寺我是熟悉的，但天葬台從沒來過；不過，這晌的起起落落，我感覺我已走進了色拉寺的範圍。雖然這幾年來「色拉寺外無色拉」已是一個人盡皆知的事實，但是躲在附近起伏不定的山崗裏，野玫瑰（色拉）仍是一波高過一波地訴說著色拉寺的園林已經近在眼前了。

近了。近了。山坡上的每塊平穩大石看起來都像是我要尋找的天葬台。但是眼前這些千古以來就積存的平整磐石太過潔淨，以至於散發出虛假的慘白，晃得我的眼睛泛起一層白翳；在白翳的蠱惑下，我有些倉皇起來，好似越接近天葬台，拖了三天三夜的屍首的再生意識越是清晰，於是我的腳步不知不覺地就快了起來。

我警覺到自己的匆忙時，又有些徬徨。我這是怎麼啦？才不過三天，我就這麼急急忙忙地想丟棄妳的身軀——這個曾經一度令我迷戀的身軀，這個鼓動我還俗的身軀。我不安地停步下來，轉頭看了一眼裹著妳的白布在板車上伸展的模樣。這一瞧，我又有些不捨起來。我想，再過一個時辰，妳將煙消雲散，那個不再存在的空茫令現在這個已然不算存在的生命有些不真實起來。

我這麼一想，就將板車停在路邊，雙手抖顫地在曙光初綻裏解開妳身上的裹布，不由自主地細細觀看起妳仍舊泛著粉紅的屍身——身體就像胎兒在母親肚腹裏蜷縮的模樣，兩手交合放在腮下，好像向我訴說著人類這麼來也這麼走，誰也討巧不了——那個嘲諷的模樣並不可怕，我甚至還有幾分留戀，但是血水的腥膻氣味卻是濃厚得令我不得不趕緊將白布重新裹起。

才剛裹好屍布，我就看見不遠的天空升起幾縷硝煙，在仍是黑漆的天際散發出輕微的緊張氣息。我知道那是亡者的親屬好友在等待著天葬師的到臨時，用一堆一堆松柏與香草所燃燒出來的火柱——到了，到了，火柱底下想必就是我所尋覓的天葬台了。我低下頭，趕緊拉了板車就走。

＊　＊　＊　＊　＊

我說不清我現在的心情。我好似有幾分歡欣，因為走了幾天終於到達目的地了；我又有些難分難捨，因為我知道我與妳分離的時間越來越接近。漸漸地，禿鷹的禿頂更加清楚了；圓睜怒視的鷹眼不只在褐毛的襯托下骨溜溜地透露出貪婪的氣息，鷹翅還鼓動起強硬的羽毛搧動著潮濕的陰風，利爪更是撕扯著散不去的血肉劃破寂清的天地。

忽然，斜刺裏閃入一面土坡，土坡緩下來的盡頭，一層樓高的平台聳立在前，二、三十個平方尺面積的周圍全是死人的破衣爛衫與青絲白骨，烏黑的屍血從巨石上浸漬下來；四散於天葬台周圍的親屬好友麇集於火柱旁邊，正巧將淌著烏血的平台簇擁成硝煙四起的烽火台。

我怯生生地擠到四下哀涕的眾人身邊。埋首低泣的眾人不忘抬頭望我一眼，見我身著僧服，又拖了個承載屍身的板車，就自動地往兩旁讓開了通路。我毫不費力地就擠到天葬台邊，卻將白布裹捲中的人兒小心翼翼地置放在拂曉的黑暗裏。

拂曉的天仍是不情願地維繫著一片漆黑，但是晨曦的天葬台上竟然已經有血有肉有殘骸也有等待，一塊塊的肉骨拋向一隻隻盤旋不去的禿鷹，山中清新的空中立即塗染了禿鷹與屍塊互相追逐的圖樣——血淋淋地拋升，烏黑黑地襲捲。

我看得心驚膽顫，卻也只能等待天葬師下一個悶呼。旁邊的家屬看著親人的肢體被分解為禿鷹的饗宴，都壓低了聲音啜泣著；跟隨家屬前來念經作法的法師戴著綴有骷髏頭飾的馬頭形帽，面罩黑紗，好似謹防著被超度的亡靈盯住了作法的眼睛。

我有些震嚇於這詭譎的氛圍，但耳朵聽著超度的經文，發覺並沒什麼特別，不外就是叫親人快走，黃泉路上不論遇見什麼都不要害怕，只需一個勁兒地往前去，就可升天。這時我發現我曾經是個僧人倒也不是全然沒有用處，起碼在這個令人不得不害怕的節骨眼上，我就比一般人都來得篤定。

我沒事可做，於是就在心裏也為妳唱誦起超度經文；逐漸地，我在天葬台邊編織著禿鷹叼起妳的手臂在曙光中騰飛的景象。那破雲而出的斜光好似若有若無地將妳粉紅色的手臂與烏黑的羽翼交融為碎點金光下的生命共同體，一路向著妳一輩子嚮往的高度攀升；禿鷹銜臂而飛的模樣很俐索，提醒了我，妳已經升上了天，雖然得藉助他力，但是妳離去的果敢是如此地明確，以至於令晨曦裏的天葬台浸淫在一片說不上來的全然光亮裏。

＊　＊　＊　＊　＊

「喂！就擺在這兒！」天葬師騰出血淋淋的左手向著天葬台邊的石塊指著。家屬聞聲，慌忽忽地驅前，將青稞酒、熟羊腿擺滿了一整個石塊；我愣了一下，心想好快，這一會兒功夫，前面兩個屍身已然大卸八塊，而石台上的肉塊早已被叼啄得清潔溜溜，只遺留下些許肉渣兀自在台上跳動著。

人群騷動中，我將板車拉了過來。天葬師斜眼瞥見我身著僧衣，立即就在身上揩了揩手，迎上前來：「您親自拖來？」他見我面孔沉沉地，就自我解嘲地說：「就交給我罷。您在旁唸經罷。」他一邊伸手接過板車，一邊問道：「怎沒見家屬？朋友也沒一個？」

我沒說話，粗魯地排拒了伸向板車的雙手；天葬師嘿了一聲，轉頭就回到天葬台去。是時候了，我雖然有些不捨，卻也不得不鬆手；於是我輕手輕腳地解去了捆綁在板車上的束縛，深怕驚醒空曠的氣流，深怕觸碰沓拉的肌膚，只盼慈悲的菩薩能將自己化為一股朦朧的輕煙，在輕輕將妳移下板車的時刻，緩緩地撫摸妳那烏亮的髮叢，取笑妳到死都仍是高原人慣有的油垢；慢慢地，我不知不覺地溶入了妳的雙眼，鑽入了妳的鼻孔，更吸入了妳麝香般的舌汁……。

＊　＊　＊　＊　＊

我鬆手了，鬆手了。妳瞧！我此時真的不得不將妳交出去了。妳這只逐漸現出粉肉的屍首不再是一個活生生的身軀，而妳更不再是一個巧靈靈的女人。妳自己可能都不記得了，妳曾經是一個任何支解也都化解不去的魂識——不論四大以何等因緣聚合都無法抹除妳以前曾是清澈、明亮的種子；既然妳已經在生死大河裏啟動了輪迴，輪迴的急湍總得繼續奔流下去——觀世音菩薩將在彼岸等妳，而妳只能將輪迴留給自己。

我鬆手了，鬆手了。妳瞧！這次的分開在這一生將是永遠的別離了。禿鷹盤旋著，沒有驚惶，亦沒有紛擾，雙爪雙翼如往昔奔放，向著棲身的時空追討一路撲簌的酬勞；天葬師繼續忙碌著將大卸八塊的屍塊丟往臨近的空地，時而吆喝一聲：「咿呵！」好似叫著自己的兒女來吃食，對處身的天地發洩一路壓成的怨氣——他們全都不知這麼一個因果的結合在未來劫的時空裏將如何地演變。

我鬆手了，鬆手了。妳瞧！我只能盡其可能地鬆了手，而不能去驚擾不明所以的因緣；不過我心裏很清楚，無論我如何寄盼未來的因果在當下的緣起裏佇步，無論這一世混淆的業緣如何因著妳的辭世而告完結，我終究還是排拒不掉世世代代的業力拘捕，就好像禿鷹也忘了牠們曾經擁有的斯文，現在只知盤旋，只知俯瞰，只知覓食，只知叼啄。

*　*　*　*　*

散了一夜的霧氣又開始聚攏了起來。霧氣朦朧之間，天葬台有了藏匿的曖昧。我知道此時我什麼都不能想，於是一聲不響地放下妳半裸的身軀，排開冷霧的包夾，轉頭走到一旁旺炙的火堆旁，將吃剩下的糌粑捻碎，一坨一坨地丟進燃了火的松柏與香草裏。

須臾之間，天葬師將妳挪移到身邊去，血淋淋的雙手頃刻在妳身上的白布留下烏漬的絡痕，撕扯下的包袱就像人世間條條框框的束縛，一聲不響地被堆棄在沒人注意的腳邊。我悄然走過去將染污的白布撿起──它雖然只是妳的裹屍布，但卻是妳留給我唯一不帶任何虛假的信物。

須臾之間，天葬師將捆綁在妳屍身上的腰帶解了開來，背朝天地將妳趴在石台上，麻利地拿出兀自淌著血漬的快刀在妳的頸後劃出一道口子，然後飛快地在妳的雙肩與腰下劃了四個大大的叉字。我有些不敢觀看，轉過頭走回低泣的群眾，心頭鬆一陣緊一陣地誦起「嗡嗎呢唄美吽」。

須臾之間，天葬師拿起石台上的法器，朝南坐了下來，面對著妳誦起「斷行經」，逐漸地運用甚深瑜伽行者的禪定力將妳的粉紅屍身轉化為可供空行母食用的甘露。在這一連串經文的抑揚頓挫裏，我不知道我還能說些什麼，似乎過去的言語已經隨著法器的叮咚作響像輕煙一般消散無影，剩下來的，好似只有前後相疊的咒音是歷久彌新的。

須臾之間，天葬師念罷經文，換了外衣，隨即蹙起眉頭，踮起腳尖。凝神之間，白色的冷霧從他手中流過；在慵懶縹渺的白霧裏，他的雙手奮力翻動，眼光犀利追尋，在妳的骨骼關節處尋找足以容納刀鋒的低凹處。他知道這一刀下去，不能讓刀鋒留在肢體的外面，更不能讓刀鋒留在肢體的裏面；一切都應乾淨俐落，不管左邊是肉，不管右邊是骨，一刀一劃都得踮腳凝神。

*　*　*　*　*

手起刀揚。那落下去的刀痕劃破了妳熟悉的微笑，那剁下去的光影驚醒了我昏沉的魂識。我的頭皮發麻，嘔吐難忍。我多麼希望妳能凝結天葬師手上的動作，在手起的瞬間睜開雙眼，在刀揚的剎那逃離支解。但是一切依舊。妳只是平穩地躺著，將頭顱勇敢地面向淩虛的刀俎，將脖頸果決地伸入刀口的囓吻；妳只是莊嚴地閉著眼，好似正凝思著一些想不透的事情，又好似只是對這個看得太夠的世界展現不再好奇的嘲弄。

手起刀揚。天葬師的雙手翻動的不再是動人的胴體，只是一排接著一排的肋骨支撐出來的軀殼；在分解的過程裏，那軀殼中間曾經寄居過的魂識卻在白霧中尋覓，在冷風中迴盪，既無視風中刺骨的寒冽，更無暇在霧中豎耳聆聽，卻只知隨著天葬師的翻掀，企圖尋找軀殼裏面不可或知的執著力量，卻不料軀殼內除了逐漸加重的冷霧繚繞，卻已然沒有了曾經熟悉的慵懶。

手起刀揚。尖刀劃開妳的胸腹。天葬師俐落的刀法逐漸將妳身上的肉體重負卸了下來，但是刀的光芒激不起我心頭的丁點慈悲，反倒是一陣陣的心碎；切割之後，翻出來的血肉模糊已擴散為血海一片。在藍凝的刀葉劃動中，片片禿鷹仍是嘎嘎地盤飛著。真是！何事聒噪又啁啾？這群只知盤旋的禿鷹只不過隨依著貪婪的習性，盡情地焚燒有如無底洞似的口腹翻滾，所以只能說是在解不開的時空束縛裏成就了自我的理則罷了。

手起刀揚。一支胳膊飛向草叢。瞧呀！若干劫後，妳將會記起天葬師在妳身上劃開傷痕的痛楚，記起刀光霍霍中的支解破裂，記起撲撲簌簌的禿鷹搶奪入嘴的肉塊，記起圍繞在身邊張牙舞爪的鬼魂各各挺著脹大的肚皮、哽著細小的咽喉，貪婪地囓咬著四大假合殘留下來的遺物。儘管妳已受未來時空的愚弄，卻無論如何也甩不掉過去曾經浸淫過的理則。

手起刀揚。一塊胸脯飛向天空。瞧呀！若干劫後，妳將會明白多生多劫的世代屍體或讓火舌吞噬、或受地下萬蟲鑽進鑽出，卻怎樣也及不上在天葬台對著時空嘲弄禿鷹來得殊勝；禿鷹在妳即將腐臭的殘骸上叼啄出一個個死亡的坑洞，卻吞進去一塊塊不久即成為牠賴以振翼飛騰、賴以切割藍天、比蛛網更密更纏綿的血脈能量。

手起刀揚。天葬師枯槁的手挖出了妳的內臟。瞧呀！拉開的心被摔在平台上，熱烘烘的內臟溜滿了一石；屍血迅速地流竄，正自漬透古老的黃泥土地。禿鷹轟湧而上，將妳所剩無幾的屍身覆蓋上，嘎嘎幾聲，轉眼一陣啄食，妳已成一具空骨架。天葬師滿意地拉出妳的柔腸，一段一截地切割成禿鷹的美餐；沾起血滴的鎚子有節有奏地在禿鷹的叼啄空隙間落下，一片一點地將妳的骨架砸碎成渣。

手起刀揚。天葬師終於用榔頭砸碎了妳的頭顱。瞧呀！搗骨聲響徹山谷之際，他割去了妳的頭皮，將妳的臉部劃碎，將一搓搓頭髮綁在石台下伸出的鐵絲。圍觀的眾人知道天葬的儀式已盡尾聲，但見我兩手空空，什麼也沒攜帶，於是就趨前遞上了青稞粉。天葬師嘿嘿地朝我笑笑，隨手就將粉與腦汁拌成腦漿糌粑，召喚著禿鷹；禿鷹鼓動著羽翼，圈圍在妳的頭部，叼啄著溢散出來的腦汁。

＊　＊　＊　＊　＊

肢體就這麼散了，轉瞬間，天葬師面無表情地放下刀子，伸出血污的手往丟棄在旁的裹屍布上擦拭，然後更衣，又盤腿坐了下來繼續誦經。我好似有些感動，於是低喃著咒音，痛苦地閉起雙眼；忽然間，瞳孔的黑闇裏出現了湛藍，由一個小點，突然無限放大，佔滿了眼眶。我不敢睜開眼，追蹤著湛藍的擴散，於是耀眼的白光轉了進來；我此時只能屹立不動，偷偷地去感受一種前所未有的震撼，但是眼睛卻要命地起了模糊的白翳，在慌忽忽的兀白裏追悼那肉眼已不能見的影子……。

肢體就這麼散了，須臾間，影子也變成了大卸八塊。一塊塊顫抖的影像，帶起了清晨的噪動，四周卻空曠得好似什麼也不曾佔據，只剩下曾經是潔白的一條裹布，在我身上牽引出曾經在妳頭上的烏黑落髮，一綹一綹地觸目驚心；裹巾因為幾處血漬，已經不規則地在純潔無瑕上湧出六字大明咒的神秘音飾，一朵朵地好像以自己最完全的身口意在經幡上繡出祈願眾生成就的蓮花湖珍寶……。

肢體就這麼散了，頃刻間，影子也只能是天葬台上兀自跳躍不止的肉渣。我忽然在盤旋不去的禿鷹身上看到宇宙的一角在曙光裏投下孤寂的身影——一切都顯得那麼沮喪，那麼令人呃然窒息。時光的磨鍊像無心的嘴唇，一點一滴地擠出變調、不合節拍的咒音。不肯逝去的星星終於敵不過曙光的催促，不情願地消泯了；那個消逝的無奈就像禿鷹永遠無法被滿足的貪婪，在滿地化為泥塵的肢節上吞噬著已然沒有了生命的肉體。是呀！妳拋除了這個羈絆魂識的身軀，卻換來了穿梭宇宙的自由，終於也像暫時隱逝的星星一般，在時空只知運轉的氣氛下，仍將再度出現……。

肢體就這麼散了，片刻間，影子只剩下最後所剩的腿骨。三隻褐毛的禿鷹各各叼銜了最後的饗宴向著藍天飛去。我站立在松柏香草濃煙裏，望著牠們越飛越高，腿骨的血水一直滴落著，閃爍在微曦中，直到褐毛掩映在烏天與黃坡之間……。

＊　＊　＊　＊　＊

屍身沒有了。板車空了。我拉著空盪的板車往石屋所在的荒山走去。

空盪的板車缺少了妳的重量搖晃起來就多出了一些晃盪。我知道我為什麼仍舊得拉著板車，因為這是借來的，我無論如何也得歸還。可是我這具不知從何處借來的身軀為什麼仍然得走回荒山呢？我不知道——我並沒有思考這個問題，因為我只不過像牲畜一般地尋找著安適的巢穴。

我的腦子仍舊充斥著天葬師的手起刀揚，就如同在生死之門的交接處忽然忘懷了身軀的依歸，於是神識一下子就莊嚴肅穆起來。莊嚴肅穆？是呀！這麼一個葬禮除了齜牙咧嘴的天葬師以外就是盤旋聒噪的禿鷹，沒有鮮花與輓聯，更沒有行禮如儀的瑣碎——這就如同我們的婚禮一樣，沒有排場與祝福，只有我滿頭流膿的癩子做下莊嚴肅穆的歷史見證。

我不知道我在此時將妳的葬禮與我們的婚禮融在一起的涵意為何，或想模擬些什麼，我只知道我這個出家人原本不該結婚，更不該來參加妳的葬禮；但是我兩者都做了，因為妳在這兩件人生大事上缺了我都不行。這好像有什麼特別的意義，但我卻有點說不上來——我從來對自己的事情都不習慣多加沉思，但現在除了沉思以外，好像也別無它事可做。

歸去罷。曾經裹在妳身上的白色裹屍布隨著我的緩步輕移向後延宕，好似一條鋪展開來的哈達，像水流般的輕柔，像風聲般的飄曳，竟自潔白而溫婉地向著天葬台傳送最後的神祕音律；那一副依依不捨的神情在撫過的白色空氣裏，好似一抹抹地記掛著難捨的風月，又好似一絲絲地吟詠著已然消逝而去的記憶。

冷霧在白布向後的拉曳裏消散了，然後在一朵朵向後飄颻的蓮花湖珍寶裏訴說著，一切都不曾浪費，既不曾以黃土覆蓋的墳塚污染山水的靈氣，也不曾以熊熊燃燒的火燄驚擾曙光的哀慟，甚至於連一坏黃土都不黏滯，卻長養了飛在天上的無數生靈。

我佇足凝視過往的牽繫，一時有些癡了，一顆晶瑩的淚珠就在沉重的眼眶裏懸動了起來。懸動，懸動。我努力地壓抑住滾動的淚珠，不讓它掉下來，卻終於壓抑不住回視裏的一抹淒涼在曙光裏閃現，在我的僵化面容上雕塑，在無聲的氣息裏凝聚著無言的柔韌。

我最後還是沒能壓住，那顆晶瑩的淚珠終於有若千錘百鍊的鐵珠子，帶著千鈞之力滴下，落在黃土上猶如數噸重的錘擊。滴落了，滴落了，我最後的眷戀；溶進了，溶進了，我永恆的記憶。莫因我沒有一聲聲的哀號，就說我不知愛情的淒風苦雨；莫因我沒有一曲曲的輓歌，就說我不知生命的生息不止。這一片乾巴的黃土地將是我最後的見證，它不僅吸收了我這世最後一滴淚水，更詮釋了我今生最後的眷戀。

* * * * *

依舊是來時路；黃泥巴路何其地長，蜿蜿蜒蜒，直奔往那不知方向的家園。我故作輕鬆地將白色裹屍布纏繞在肩頭，但是一旦纏起，白布就沉重起來，好似一縷萬劫以來的精魂在業風緣雨裏纏繞，於是令我在重新踏上黃土乾巴的來時路時，竟然有了重溫來時的黯然。

依舊是來時路；面對著黃泥巴路是沉重也是輕鬆，沉重的是我將再度面對日夜承載著孤獨的自我，輕鬆的是我將再度告別輪替無常裏的紅塵糾纏。真正是一個人了。真正是將沉重與輕鬆擺在一起承受了。只是這麼一條黃泥土路已然沒有了纏繞白布的跳動震盪，卻又如何能預知我未來取捨的依憑呢？這麼一條體溫猶存的裹屍布軟乎乎地只足以包裹起禿鷹振翼的飄忽，卻又如何能令我在塵土飛揚裏體會因緣聚散的玄機呢？

沉重是真沉重，輕鬆也算輕鬆。白布條的飄曳使得夾道兩旁的濃密樹林一掃黑鬱的影蔭，也使得曙光裏才剛復甦的生命氣息交相呈現出躁動與混亂；它向後拖曳的白色痕跡像是沉默地哀悼妳已走過一生的疲憊，又像是歡欣地慶賀妳已安然地回歸於原來的起點。

是呀！這一生這一世的容顏，這一生這一世的形體，已因全數飄散在清新的空中而佇留在另一批生命的軀殼內；一切都因腐肉重新尋覓到歸屬有了寄託，沒有素燭香火，沒有花果盆奉，只有嗚咽的鷹鳴盤旋在人生最後的砧板上。

是呀！這一生這一世的骨血，這一生這一世的理肌，已因全數融化在再世的連續而演變為千千萬萬來生的依據；一切都因大卸八塊的痛楚有了新的內涵，也因消散的腐肉各自展開嶄新的生命篇章，這無疑地是另一個起始，更是無數起始的開端。

＊　＊　＊　＊　＊

遠方的天地交接處又起霧了。霧氣浮動裏，黃泥巴路兩旁的黃土高原逐漸被濃霧遮蓋，最後整個都不見了；隱隱約約中，似乎有一個白點破霧而來，無聲無息，漸行漸近。我整個人就這樣地在空盪的板車前傻了……。

浮士德二〇二〇

作者／高永謀

一陣莫名其妙的恐怖感襲上心頭，
我抓緊了阮天雄的手。
他說：「怎麼了？」
「我覺得我認識他，
但說不出來他是誰！」

浮士德二〇二〇

為了進行這一次的示威抗議，我、阮天雄和幾位志同道合的伙伴不知籌畫準備了多久，不知道上過幾次電視、廣播節目舌戰群雄，投書過多少報章、雜誌、期刊，舉辦過多少座談會，與那些支持「全面開放器官量販、積極管理有效控制」的產官學界代表辯論，只希望能喚起人們對「一點〇原版」身體的一點點愛，不要因為覺得身上某個器官「功能或樣貌不好」，而不是嚴重的病變或事故，就輕易地更替它。

「身體髮膚，受之父母」，這句古老的成語在二〇一五年器官培育與移植技術獲得前所未有的突破後，在短短的五年內，原來只適用於「修補」重症病患的科技，已經全面普及至普羅大眾也能消費的產品，變成了「一點〇版的身體髮膚，受之父母，之後，受之於輝瑞」的廣告詞。

連每個國家的中、小學生都朗朗上口，存錢想換器官。

*　*　*　*　*

輝瑞公司推出年度新產品的造勢活動，已經是全球產業界最大的盛事，連美式足球超級杯、世界杯足球賽的人氣都遠遠不如，新聞熱度也超過微軟、英代爾、通用等傳統產業推出新產品時。

鑒於連續四年，台灣市場成長速度皆居全球第一，輝瑞決定由台灣分公司舉辦二〇二〇年全球新產品發表會，地點選在台北市南京東路三、四段交口的棒球場舉辦，今年的吉祥物是「三太子」，因為當初輝瑞的器官培育與移植技術計劃，工作小組就叫做「三太子」。

*　*　*　*　*

我在復興北、南京東的捷運站下了車，幾乎陷身於要湊熱鬧的人海之中，從捷運站到棒球場不到兩百公尺的街道，滿滿是等著預約商品的人潮。南京東路二十世紀末曾經被叫做「台灣的華爾街」，現在銀行雖然仍在，但俗稱為「器官量販店」的「器官銀行」卻已經比真正的銀行多得多，這條街外號也被改成「脫胎換骨大道」。

像我這種反對非疾病、事故器官移植的異議份子，常被稱為「純種人類基本教義派」，或「抗拒科學進步的舊人類」，幾乎已經跟不用電腦的人一樣地少了，只剩下一些學者跟宗教人士。

＊　＊　＊　＊　＊

二〇一五年，輝瑞台灣分公司宣布與台大醫院結盟，隨即股票漲到了一千元的天價，在美國股價也漲破當年威而鋼上市的最高點。隨即，台灣本土企業台機電、聯電兩大世仇破天荒地合作與榮總結盟，進軍生物科技領域，國泰、台塑、新光、奇美等原先就有醫院體系的集團，也紛紛增資搶奪器官移植與美容的大餅，相關企業股價更連續數年飆至新高。

至於其他大大小小生物科技公司更不知有多少，人人都搶當生物科技新貴。

示威的群眾，如果還算群眾的話，被安排在敦化國小門口，台北市政府還好心地告訴我們，「上廁所比較方便，也不必跟你們討厭的非上帝原廠人類擠在一起，不是很好嗎？」

根據某家八卦週刊報導，立法院百分之八十的委員是超過一家以上生物科技公司的免費永久VIP會員兼乾股股東，其他百分之二十因為不相信台灣的技術，只選擇美國、日本、中國的生物科技公司進行「身體維修」，超過五成以上的立委到過輝瑞總公司「朝聖」過，當然回國後，人人都「煥然一新」。

今年初，「非疾病事故器官移植管理條例」更以兩百二十四票比一票的懸殊比例快速通過三讀，成為正式的法案。根據媒體報導，這些立委立即身價暴漲數倍；不過根據不同的媒體報導交叉比對，卻發現大部分的媒體老闆，本身也都是生物科技公司的重要股東。

立法院那一票反對票就是阮天雄投的，他投下這一票，要罷免他的民眾在他家與服務處門口鬧了三天三夜，許多媒體還調查起他的親友有多少人換過器官，一位車禍後變成植物人、後透過生物科技「起死回生」的大亨，還購買報紙巨幅廣告痛批阮天雄沒血沒淚，還表示願意提供一塊地讓他和他的追隨者成立獨立的共和國，我被報派新國家的內政部長。

＊　＊　＊　＊　＊

不過，也因此讓阮天雄成為異議運動的領袖人物。

離輝瑞台灣分公司發表新產品的時間不到一個小時，我離開捷運站走不到幾公尺，已經收到不知道多少張DM。

這些大概DM都是一些小型、甚至地下生物科技公司的廣告，不是預約半年快速培植腦，就是全身換器官大打折，現在最熱門的商品包括某某波霸女星的胸部、某某A片天王的性器官、某某拉丁歌王的「電動馬達」臀部跟某某拳王的拳頭，各種尺寸價目任你挑，甚至還出現排行榜。

而其他中小型生物科技公司害怕輝瑞成為獨霸市場的托拉斯，也特別在今天選在七號公園聯合舉辦「新人類嘉年華會」，同樣擠得人山人海。

一個不留神，被一個做生物科技直銷的年輕小姐攔住推銷：「先生，我看你氣色不是很好，要不要換一個肝呢？現在所有器官一律瘋狂價七折，要換要快，優待價只到月底，只到月底！不換可惜！」

「你要的是奧運一百米自由式金牌得主馬奎爾的複製肝，還是NBA

籃球皇帝寇比・布萊恩的肝，還是日本一百五十歲人瑞丸尾友藏的肝？或者是你想要換肺、換心、換血還是換脾臟，還是下面那地方想要換呢……」，沒等她說完，我趕緊加快腳步走開。

躲這些器官推銷員可真煩，這些名人現在光只賣他們的細胞，就不知可以進帳多少，連帶的使得盜墓賊與「細胞強盜」猖獗起來，各國無不特別立法嚴懲盜賣名人細胞的殯葬業者。

這時，我的手錶型手機響了，大概是阮天雄打來催我的，不料卻是每天煩死人不賠償的廣告簡訊，又是買摩托羅拉新款手錶型手機，可以抽獎免費換個羅那度或鈴木一朗的心之類的活動。

突然，天空又傳來一陣音樂，我抬頭仰望，看見又有個白癡傢伙在天空上打廣告：「老婆，我已經全身都update了，請回到我身邊吧！愛你的雄上！」，大概是癡情的企業家第二代吧，然後又是輝瑞一天數回和競爭對手的的廣告片。自從天空廣告權被幾個有線電視財團瓜分後，天空真是一天都不得寧靜，不管躲在雪山、玉山、阿里山都看得到廣告。

這時，我的肩膀被人拍了一下，我倏地回頭，心想應該又是鼓吹人去換性器官的三七仔，正想破口大罵，然而卻是一個看起來有些眼熟的男子，年紀大約三十五、六歲左右。

他笑著說：「你不記得我是誰了嗎？你猜猜看！」

我說：「你是不是我大學同班同學陳春雄的弟弟？長得跟他十幾年前真像，可是，我記得他只有妹妹，沒有弟弟啊！」

他一臉驕傲地笑著拍了我的肩膀：「我就是陳春雄啊！認不出來吧！嘿，同學。幾年不見，不過你變老了，我卻變年輕了！」

「好不容易存了一筆頭期款，就趕快去做一次全身update，」陳春雄得意地說：「十年分期付款啊，比買房子更讓人頭痛！心想著再等過一陣子等降價再換，但是看著同事、同業、同學們都做了，不做怎麼跟人家混呢？嘿嘿嘿，我的小弟弟也換成了現在最流行的那個A片明星李小龍型，現在可真的是金槍不倒、夜夜都是一條龍呢！」

「什麼update不update，不要把人說得像電腦一樣！那麼我問你，你現在是第幾版的呢？有沒有當機過？你新的器官需不需要掃毒、更新病毒碼？還是有什麼bug嗎？」

「你這個人就是太食古不化，難怪你老婆要跟你離婚。那天我在TVBS新聞對談節目上看到你，那個主持人消失了大半年，看起來應該更新了不少器官，看起來屌的要命。你反對器官量販的確有一些道理，我是很佩服你，但是你應該也知道，後來電視台又去訪問你老婆，你老婆可是一把鼻涕、一把眼淚，足足罵了你五分鐘，罵你完全不顧她的感受。聽聽老同學的勸，就把換器官當成不小心發生車禍吧，或是當成補牙吧！」

「道不同不相為謀，我現在要去參加抗議輝瑞的活動！謝謝你的好意！希望以後還認得你！不，是你還認得我！」

跟陳春雄，不，應該是跟另一個陳春雄，不，應該是跟陳春雄二點○(真的只是二點○，而不是二點一或二點五、二點七，甚至是三點多嗎？），正確地說，應該是跟陳春雄二〇二〇再見後，心裡的確相當不舒服，又讓我勾起了幾個月前跟老婆吵架離婚的往事。

或許，她現在變得我不認識的模樣吧，她現在應該已經update成另一個她，二點〇、二點一、二點五或二點七、二點九，甚至三點多版的她了吧！

＊　＊　＊　＊　＊

「你聽我說，二十世紀英國哲學家們為一個命題爭論不休，這也是我們對換非事故疾病更換器官疑慮的解釋原型。那就是如果說一部汽車每過一陣子，便換一個組件，等到所有的組件都換過後，這部車還是原來那部車嗎？同樣的，如果我們全身的器官都換過後，我們還是原來的我們嗎？衰老、疾病、痛苦跟美麗、年輕，不都是人生中難得的感受嗎？」

「不要跟我說這些哲學意義，去跟那些沒錢換肝、換心的癌症病人說去吧！你比天主教的神父還要固執！你只會抗議器官量販造成貧富差距擴大，為什麼不去抗議更新器官沒有被納入健保？我只想跟我的朋友出去時，看起來不要像個黃臉婆，我們也可以跟我們剛結婚時一樣瘋狂的做愛。我只是想快樂一些而已！」

「那麼你換我不換。」

我大聲說道：「除非萬不得已得了癌症或是發生車禍，我才肯換。天知道這種違反DNA指令的事情，會不會有什麼可怕的後遺症？換器官這種技術從二十世紀末發展到現在，從另外一角度看，也才突破那麼一點點，是不是真的可以讓人類長生不老、青春永駐還不知道，但已經讓社會大亂了！」

老婆憋著臉，一直瞪著我，看起來傷心已極。

「你看前一陣子，紐約不是才發生有人挾持醫生，要求幫他培植新器官的恐怖事件嗎？這兩年來，換器官者意外死亡的案例不是持續增加嗎？職業球隊與奧運不是也為了是否開放二點〇版以上的人類，或換了別人器官的球員參加比賽而爭執不已嗎！」

「天啊！如果說稻子沒有改良，會有今天的文明嗎？那你吃不吃米？」

從來沒聽過老婆這麼兇：「我還記得有個傢伙當年追我的時候，總愛炫耀他的學問。他好像這樣告訴過我，人類的細胞的壽命大概只有七天，所以雖然一個禮拜不見，他已經不是原來的他了！那麼，為何你能忍受動物、植物改良、卻無法忍受人類身體進行維修？為何你能忍受上帝七天換你一次全身的細胞，卻無法忍受輝瑞來換你的器官？DNA序列有什麼了不起，那不過上帝寫的程式而已，難道就不能跟微軟一樣更新嗎？而且說實在的，上帝寫的程式真是爛得很，我們現在只是在掃毒或更新程式而已！」

「我不是不知道你說的這些！但是我認為輝瑞這些跨國托拉斯財團，可能會在新的器官附加一些其他的指令，譬如說可能會讓輝瑞的客戶只愛用輝瑞大股東微軟的軟體，甚至讓你不得不進常常進他們體系內的醫院『維修』，大賺你的錢！」

「我如果不是真的很愛你，不會跟你吵。不過我也不會像那些爛連續劇一樣，老婆因為愛上頑冥不靈的基本人類教義派老公，所以顧個職業殺手把他殺個半死不活，然後趁機把他全身器官都給換了。更不會學好萊塢的狗屁電影，偷你一個細胞到地下生物公司裡去複製你，然後苦苦等個二十幾年，然後再跟他廝守在一起，當個二十一世紀的王寶釧。」

我記得她最後的話是：「我決定要離開你！不過從去年起，我還是偷了你的細胞，在長庚醫院幫你設置了整套的器官備份，存在VIP生物實驗室，只要你出了大事或生大病，只要你不當場死亡的話，你的信用卡帳號會自動通知醫院動用備份器官。這是我能為你做的最後一件事，不要不領情！小心一點！」

好不容易來到了示威集合的預定地，人比我想像中的少了許多，大概只有一百人左右，大概都是各宗教的神職人員。不過標語還是齊全，不過大夥都沒什麼勁，有時我們被媒體譏笑為「發表聲明表示遺憾的團體」。

我看到阮天雄向我走了過來。阮天雄曾經是個全球頂尖生物科學家，就在美國輝瑞總公司工作，先是因為反基因改造食品而昇不了職，後來中途因為反對器官量販的「三太子」計畫被資遣，「三太子」的名字就是他取的。回台灣後克紹萁裘，靠著擔任過部長的老爸規劃下而當上立法委員。

輝瑞選在台灣發表新產品，部分原因就是讓阮天雄難看。

他算是奇特的才子，今年發表有名的宣言〈人類百分百〉，文中分析量販器官嚴重破壞了人類對於母親的感情，更曾經被瘋狂支持器官量販的SM激進團體「普羅米修斯」綁架，把他打得差點去換器官。

「你看，場子這麼冷怎麼辦，那些說要在這裡表演行動劇《浮士德》的劇團也不來了，說是怕被男、女朋友看到被拋棄；我看，八成是因為最近器官價錢降得太厲害，他們也不禁心動起來了。想不到要演浮士德抗議魔鬼梅菲斯特的人，自己竟然真的便成了浮士德，禁不起梅菲斯特的誘惑，將靈魂賣給輝瑞了。」

「只能盡人事聽天命了，」我開玩笑說道：「幾十年後，我們可能會跟泰雅族黥面的老人一樣成為國寶啊，如果死了，我們的墓碑上應該刻著『這裡躺著最後一個原版的人類』！」

＊　＊　＊　＊　＊

現場愈來愈浮躁，群眾七嘴八舌猜測輝瑞會推出什麼新產品，意見莫衷一是。

輝瑞這次保密到家，防得連媒體也直能說：「不知道輝瑞的葫蘆裡，賣的到底是什麼藥？」

今天的報紙與電視做出許多猜測與分析。有的猜是推出讓男人可以達到一次做愛十次高潮的新藥丸，有的猜輝瑞真的改寫了人類DNA裡的老化指令，真的完成了長生不老的美夢，有的猜推出長著翅膀的天使型人類，一舉解決塞車與停車位的交通問題；不過，學者專家都一致表示目前的生物科技技術，不可能達到這種效果」，而且，強化人類的生物技術被軍方與情治單位嚴格管制中。

發表會正在倒數計時，我跟阮天雄拿起標語，高喊「暫緩器官量販」的口號。雖然也有警察站在我們前面，但卻不怎麼理睬我們，他們主要的工作是維持搶購人潮的秩序，避免群眾打架生事，電視台雖然也派了一組攝影記者來拍我們，但大概只是當成新聞花絮的畫面吧！

因為群眾實在是太多了，我們只能看到天空的影像跟大樓上的Q Board同步轉播，我有一種世界末日、孤臣孽子的感覺。我們的抗議愈來愈沒勁了，在發表會的廣播聲音下，我們的聲音大概只有擋在前面的警察聽得到！

「地球上的人類們，」輝瑞的台灣代言人、一線主持人胡亮高喊著，全台下的群眾都為之瘋狂，「現在輝瑞要推出三項創世紀的產品，請張開眼睛瞧一瞧吧！」

「歡迎兩位My God二人組出場。他們倆就是輝瑞第一個產品的使用者。你所看到的，絕對是真的！歡迎各位到輝瑞加盟醫院訂做！」My God是前一陣子當紅的視覺系二人組藝人，不過已經一陣子沒有消息。

「哇！好酷！」「我也要！」群眾不斷發出驚呼聲，有的則目瞪口呆。

我看著電視，嘴巴張了老大，我揉了揉眼睛，覺得那應該是真的，My God其中一個人長出兩隻像撒旦的角，另外一個頭髮卻發出光來，活像隻螢火蟲！

「這在技術上的確可行，輝瑞真是聰明。輝瑞只要派科學家蒐集地球上特異人士的基因就可以做出來，有角、會發光有什麼稀奇，只要找到基因，你要有尾巴、用手掌看字或是讓紙燒起來都行，輝瑞只要照著各國的報紙去找這些人就可以了，這些怪人過去被歧視，現在卻是輝瑞賺錢的基因寶藏，搞不好這些人都被輝瑞藏了起來，還可能註冊登記壟斷『版權』。這絕對會造成流行，而且每年還可以推出不同的新產品。」阮天雄說。

我感到一陣毛骨悚然，覺得撒旦真的來了，還是哪一天，我的兒子變成了螢火蟲。

＊　＊　＊　＊　＊

「現在發表第二個產品。」看見第一個產品造成如此大的迴響，原本有些緊張的胡亮又說了一些場面話，進行了一些表演之後，才回到正題。

「其實啊！二十一世紀生物科技新產品發表會，本質上幾百年來賣膏藥的方式沒什麼不同！」我笑著對阮天雄說。不知什麼什麼時候，我們幾乎已經喊不出什麼抗議的聲音來了，我們注定慘敗，旁邊幾個同志更是垂頭喪氣！

「世界大同的時代來了，沒有種族歧視的年代來了，現在歡迎六位模特兒入場。」胡亮高喊道。

胡亮的聲音剛結束，三男三女六個穿著泳裝的模特兒從後來走了出來，分別是一男一女的黃種、黑種與白種模特兒，進場來卻跳起國際標準舞來。台下觀眾登時登時沈默下來，不知這跟胡亮喊的有什麼關係。

「請各位稍安勿躁，請各位稍安勿躁，請大家等個十分鐘，他們會變另外一種膚色」，胡亮這麼說，目的當然是一陣騷動，這次鼓譟比上次還大。

「請各位稍安勿躁。」胡亮開始說起輝瑞這幾年的慈善活動，這幾年來捐給哪個孤兒院、哪個大學多少錢，群眾卻自顧自地聊天，眼睛瞪著模特兒，根本不理胡亮在說些什麼。

好不容易撐過五分鐘，人們突然發現模特兒身上起了明顯變化，男性白人模特兒皮膚突然開始暗了下來，女性白人模特兒皮膚卻開始泛黃，男性黑人模特兒開始變白，女性黑人模特兒卻開始變得有些黃，而男性黃種人模特兒開始變白，女性卻開始變黑。

到了第十分鐘，模特兒完全另外一種膚色，這時他們戴上了假髮，遠遠看幾乎看不出原來是什麼人種，近看，雖然從鼻子眼睛還可看出原來的樣子，但是確實是性感得別具異國情調。

「世界大同的時代來了，沒有種族歧視的年代來了。」胡亮又重複了這兩段話。

「只要服用輝瑞新產品『隨身變』，讓你十分鐘後立刻變換膚色，每粒可維持可維持三天，你若突然想變回來，只要吞下另外一顆隨身變，十分鐘後又立刻變成另外一個樣子。有了『隨身變』，每個人都可以是孫悟空。如果大家大家不滿意只有皮膚不同，輝瑞還提供換鼻子與植髮服務，不管是瑪麗蓮夢露、瑪丹娜、貓王或是天女合唱團的鼻子、頭髮一應俱全。」

群眾為之瘋狂不已，大聲叫好了十幾分鐘。

「天啊！這樣還得了，治安還得了，那麼以後我們怎麼抓人？」擋在示威抗議群眾面前的警察們看到了這個新產品，紛紛鼓譟起來。

「現在規定除了特殊狀況，皮膚眼睛不能換成別人的，因為會影響指紋與視網膜檢定，但這下子，我們還分得清楚誰是誰呢？」

「這下子在野黨可能會要求強制立法在每個人身上種晶片，搞不好還可以紀錄哪個人哪天做了什麼？我們可以立刻用電腦法律搜尋系統找他到底犯了哪些罪，這樣一來還得了！你想你一輩子罵過多少次髒話，或是深夜騎摩托車闖紅燈，

那不是每個人都要去坐牢嗎，搞不好這個晶片還會在你違規停車後，幫你從帳戶中自動轉帳繳罰款。」

警察們七嘴八舌在討論，比我們更多意見，更像來抗議的。

＊　＊　＊　＊　＊

好不容易，這六個模特兒退出場去，螢幕上出現一位頂多二十歲的年輕男子，拿著麥克風，說起來十分英俊，但卻是一副見過大風大浪的神情。

我沒見過他，只不過，我卻直覺他長得有點像我認識的某個人，更覺得他長得很像我，但又實在想不起來是誰，依現在的科學技術，人類換上新器官之後頂多年輕十來歲，可是我思索我年紀三十多歲的朋友，卻想不起來他是誰，怎麼想都想不起來。

一陣莫名其妙的恐怖感襲上心頭，我抓緊了阮天雄的手。

他說：「怎麼了？」

「我覺得我認識他，但說不出來他是誰！」

「我也感到恐怖無比，愈是平凡無奇，愈是令人害怕！」

「這就是輝瑞最新產品第一個受惠者，現在他被新力唱片公司簽下來，準備下個月要發行個人國語大碟」，大眾的聲音都沈默了，他們都跟我一樣完全看不出來這有什麼了不起。

不料，他卻真的唱起歌來，歌曲還算動聽，可是這就是輝瑞的壓軸戲嗎？唱完歌，台下不少人拍手，但噓聲卻也不少。

「我今年『身體』的年齡是二十歲，」他說道，「但是我去年已經七十五歲了，在大學教了一輩子書，十年前就退休了！」

他說完，台下像炸彈開花一樣紛紛鼓譟，有些人大聲叫好，有些人大聲說不相信。

「輝瑞做到了，」阮天雄一臉嚇壞了的說，「他們可能真的打敗了死神了！我不清楚他們怎麼做到的，但我知道下一期的《自然》雜誌，會刊登我的死對頭的文章，這鐵定是他的傑作，他現在一定正在準備明年得諾貝爾獎時的感言吧！」

「我知道你們有些人不相信，可否請電視台照一下在敦化國小的抗議朋友吧！他們的話大家總信吧！」台上那位前退休教授、未來的歌星說道。

攝影機對準我跟阮天雄，我跟他登時出現在天空螢光幕的分割畫面，伙伴一看有上鏡頭的機會，都大聲喊起口號。

他從身上拿出兩張卡片式的東西，對著攝影機，鏡頭不斷地對焦放大，他說：「左邊是我去年的身份證，右邊是我昨天補發的新身份證。」

＊　＊　＊　＊　＊

我看到了這個鏡頭，雙腳一軟跪了下來，嘴巴不想說、但還是喊了出來了。

「爸！」

國家圖書館出版品預行編目資料

人間的六種滋味 / 游玫琦 等作. -- 初版. -
台北市：世界宗教博物館基金會，2003〔民
92〕 面；公分--(那爛陀文學系列 ； 1)
ISBN 957-97653-7-5 (平裝)
857.61　　　　　　　　91023292

那爛陀文學系列 1

人間的六種滋味

作者 / 游玫琦、呂政達、林奎佑、戴玉珍、林彬懋、高永謀 合著
發行人 / 釋了意
出版者 / 財團法人世界宗教博物館發展基金會附設出版社
執行主編 / 黃健群
企劃主編 / 陳毓葳
責任編輯 / 陳美妏
封面及內頁設計 / 周木助
法律顧問 / 北辰著作權事務所　蕭雄淋 律師
地址 / 106 台北市和平東路一段 238 號 9 樓
電話 / (02)2369-2437　(02)2369-4127
傳真 / (02)2362-5290
統一編號 / 78358877
E-mail/zongbo1@mwr.org.tw　zongbo2@mwr.org.tw
總經銷 / 生智文化事業有限公司
電話 / （02）2366-0309
郵政劃撥帳戶 / 財團法人世界宗教博物館發展基金會附設出版社
郵政劃撥帳號 / 18871894
初版一刷 / 2003 年 1 月出刊
定價 / 250 元　特價 / 199 元